Elia Barceló
Das Geheimnis des Goldschmieds

PIPER

W0343120

Zu diesem Buch

Einmal noch möchte der erfolgreiche Goldschmied das Dorf seiner Kindheit wiedersehen. Dort hatte er sich als Neunzehnjähriger einer wesentlich älteren Frau »mit Vergangenheit« hingegeben – eine Beziehung, die kurz und leidenschaftlich war und schmerzvoll endete, als Celia ihn fortschickte. Denn Celia hat ihr Leben lang nur den einen Mann lieben können, der sie vor Jahren unmittelbar vor der Hochzeit verlassen hatte. Als der Goldschmied in das verschlafene Nest zurückkehrt, scheint die Zeit stehengeblieben zu sein. Plötzlich findet er sich in den Fünfzigern wieder. Er begegnet einem atemberaubenden, seltsam vertrauten jungen Mädchen – der blutjungen Celia, die ihn nicht erkennt, sich aber ebenso in ihn verliebt wie er sich in sie. Nichts steht ihrem Glück im Weg, als die beiden Brautleute ihre Vermählung vorbereiten. Bis zu jener verhängnisvollen Nacht vor der Trauung ...

Elia Barceló, in Spanien geboren, lebt seit vielen Jahren in Innsbruck, wo sie an der Universität Spanische Literatur unterrichtet hat. Sie ist mit einem Österreicher verheiratet und hat zwei Kinder. Bereits mit ihrem ersten auf Deutsch erschienenen Buch »Das Geheimnis des Goldschmieds«, gelang ihr ein großer Erfolg, an den sie mit weiteren Romanen wie »Das Rätsel der Masken« und »Töchter des Schweigens« anknüpfen konnte.

Elia Barceló

Das Geheimnis des Goldschmieds

Roman

Übersetzung aus dem Spanischen
von Stefanie Gerhold

PIPER

Mehr über unsere Autoren und Bücher:
www.piper.de

Von Elia Barceló liegen im Piper Verlag vor:
Das Geheimnis des Goldschmieds
Das Rätsel der Masken
Die Stimmen der Vergangenheit
Töchter des Schweigens
Das schwarze Brautkleid
Das Labyrinth der Liebe
Das Licht von Marokko

FSC www.fsc.org
MIX
Papier aus verantwortungsvollen Quellen
FSC® C083411

Ungekürzte Taschenbuchausgabe
ISBN 978-3-492-31124-3
September 2017

Titel der spanischen Originalausgabe:
»El secreto del orfebre«, Ediciones Lengua de Trapo, Madrid 2003

Published by arrangement with UnderCover Literary Agents
Umschlaggestaltung: U1 berlin/Patrizia Di Stefano
Umschlagabbildung: »Eine Nacht der Lichter« (Öl auf MDF)
von Edward B. Gordon
Mit freundlicher Genehmigung des Künstlers www.gordon.de
Satz: psb, Berlin
Gesetzt aus der Garamond
Druck und Bindung: CPI books GmbH, Leck
Printed in the EU

VIER UHR MORGENS. Die letzten Dezembertage.

Ich schreibe jetzt für mich, von Hand, in meiner kleinen Goldschmiedschrift, während vor dem Fenster dieser halb leeren, neu gemieteten Wohnung der Schnee sanft auf die Clinton Street fällt, wo die Musik, von der Cohen sprach, verstummt ist. Ich schreibe für mich. Sonst ist niemand da. Jetzt, da Celia weg ist, ist niemand da.

Ich habe drei Zigaretten geraucht und nach Worten gesucht, nach einem Ansatz, nach dem Anfang dieser Geschichte, die ich mir heute erzähle, nur wo soll ich ihn finden? Wie? Wie nur, wenn es keinen Anfang gibt und wenn das Ende, das vor so vielen Jahren mein Leben gezeichnet hat, von diesem New Yorker Morgen gerade sechs Tage entfernt liegt?

Die Erinnerungen stürmen auf mich ein, ringen darum, die Unordnung in meinem Kopf zu bezwingen, und verschmelzen zu einem Magma, das, einmal erstarrt, nur noch schemenhaft das Geschehene erkennen lässt.

Ein möglicher Anfang: Es war September, eine windige, gewittergeladene Nacht. Ich döste im leeren Zugabteil auf meiner Reise nach Oneira, wo ich mich von Onkel Eloy verabschieden wollte, dem letzten Verwandten, der mir geblieben ist und dem ich meinen Beruf verdanke. Er war es, der mich damals in seiner Uhrmacherwerkstatt aufnahm, als ich mit zwanzig Jahren verzweifelt aus Villasanta fortging und mir schwor, nie wieder zurückzukehren.

Das Licht im Gang beschien schwach mein Gesicht, das sich im Zugfenster wie ein Bild der Fantasie spiegelte und mir das Gesicht meiner Kindheit in Erinnerung rief, es emporholte aus der Tiefe, in die es bei meinem Fortgehen für immer gesunken war, als hätte sich dieses Kind mit dem glücklichen Lächeln und den glänzenden Augen die ganze Zeit irgendwo in meinem Innern verborgen gehalten und nur auf den rechten Moment gewartet, um aus den schlickigen Wassern der Vergangenheit wieder aufzutauchen.

Es war fast fünfundzwanzig Jahre her, dass ich aus

Villasanta de la Reina weggegangen war und alles, was mein Leben bis dahin gewesen war, hinter mir gelassen hatte, die Schule hatte ich hinter mir gelassen, die Freunde, die Tanzabende, die Spaziergänge. Und Celia.

Ich erinnere mich, dass ich in dem Zugabteil hochschreckte, so intensiv war meine Erinnerung an den Augenblick, als ich sie zum ersten Mal sah, an ihr dunkles Profil im Vorraum des *Lys*, an die kleine Perle an ihrem Ohr, an das weiße Taschentuch, mit dem sie sich vorsichtig die Lider unter den Wimpern abtupfte, als sie aus dem Kino kam, an ihren raschen Blick zu der Freundin, die sie mit einem Lächeln beruhigte: »Nein, man sieht dir nichts an.« Es war, als wüsste mein Herz sich nicht zu entscheiden, ob es aufhören zu schlagen oder losrasen sollte, hin zu dieser Frau mit den ebenso zerbrechlichen wie harten Zügen, die mit ihrem Maßkostüm und der Perlenkette wie eine Schauspielerin des *Cine Noir* aussah, wie ein gesunkener Stern in einem armseligen Dorfkino, dessen Boden mit den Schalen von Sonnenblumenkernen und fettigen Papieren der Thunfischteigtaschen übersät war. Damals erfuhr ich, dass sie die Schwarze Witwe genannt wurde, das sagte mir Tony und gab mir einen Rippenstoß, während sie zwischen den vielen Besuchern der Abendvorstellung am Ausgang verschwand.

Wie in Trance verließ ich das Kino, ich hätte alles getan, um sie wiederzusehen, einen Blick von ihr aufzufangen, ihre Stimme zu hören. Es muss völlig an mir vorbeigegangen sein, dass meine Freunde mich ins *Negresco* mitnahmen, um vor dem Nachhausegehen noch einen zu trinken, denn erst, als wir an dem hinteren Tisch unter dem Spiegel saßen, merkte ich auf einmal, dass der Kellner schon ungeduldig wurde. Ich murmelte: »Einen Espresso mit Milch«, und als Fabián weggegangen war, sah ich anstelle der weißen Schürze, die mich noch vor einer Sekunde geblendet hatte, sie, direkt vor mir, mitten im Café. Sie starrte mich an mit einem Ausdruck, den ich nicht deuten konnte, der zwischen Überraschung, Freude und Entsetzen schwankte und den ich erst fünfundzwanzig Jahre später begreifen sollte, als es schon zu spät war.

Sie blieb ein paar Meter vor uns stehen, umklammerte den Bügel ihrer Handtasche, als hinge daran ihr Leben. Die Freundin, eine affektierte Schnattergans, die trotz ihrer für eine alleinstehende Vierzigerin lächerlichen Koketterie immer bekommt, was sie will, kam auf uns zu: »Jungs, wenn's euch nichts ausmacht … es sind noch andere Tische frei … hier ist unser Stammplatz. Fabián hat wahrscheinlich nicht daran gedacht, es euch zu sagen. Es macht euch doch nichts aus, oder? Celia sitzt so gerne an dem Tisch hier.«

Ich stand sofort auf. Ich wäre auch auf die Knie gefallen, wenn man mich darum gebeten hätte. Meine Freunde, nette Jungen, standen ebenfalls auf und deuteten dem Kellner hinter der Bar an, dass man uns die Getränke an einen anderen Tisch bringen solle, »Die Alten mit ihren Schrullen, lasst sie doch«. Mir kam Celia nicht alt vor. Sie hatte eine blasse, seidige Haut und winzige Fältchen um die Augen – diese Augen, die sich nicht von mir lösten und deren Farbe ich damals mit Bier verglich und erst später, als ich schon Goldschmied war, mit brasilianischem Topas, Abendlicht, das zu Kristall geworden war.

Die Erinnerungen drängten sich hinter meinen geschlossenen Lidern wie Kinobesucher, die in einem riesigen Kino durch einen einzigen Ausgang ins Freie müssen, sodass alle rempeln und schubsen und die besonders dreisten oder rücksichtslosen die anderen beiseitedrängen, bis einer nach dem anderen die Tür passiert. Bilder, die ich vergessen glaubte, blitzten für ein paar Sekunden auf, dann ließen sie andere, ebenso intensive und klare Bilder vor: die Samstagsspaziergänge durch die Calle Jardines; die sommerlichen Tanzabende im Kasino, das schon für das große Stadtfest geschmückt war; die endlosen Gespräche mit den Schulkameraden im *Negresco* über unsere Zukunft, die wir uns immer glänzend, immer großartig vorstellten; die ersten Zigaretten, die wir an der

Friedhofsmauer rauchten; das Baden im Fluss; die neue Grundschullehrerin, die jemand im Unterrock gesehen hatte, weil in dem Haus, das ihr die Hebamme Remedios vermietet hatte, noch keine Gardinen hingen, woraufhin die entsetzten Nachbarinnen ihr Vorhänge fürs Schlafzimmer schenkten; die Thunfischbrötchen von Florinda, der Alten aus der Wirtschaft, mit diesem Faulpelz von Mann, mit dem es in einer Spelunke in Montecaín ein schlimmes Ende nahm.

Gerüche, Geräusche, Lichter, die für immer in den Sumpf des Gedächtnisses gesunken waren, zu den Erinnerungen an das Haus meiner Kindheit, das meine Eltern hinter sich abschlossen, um nach Oneira zu ziehen, nachdem meine Schwester mit einundzwanzig in Paris von einem Motorrad überfahren worden und am letzten Tag ihres Sommerkurses gestorben war, dieses Haus, das, auch nachdem meine Eltern gestorben waren, noch immer in Villasanta stand, mit allen seinen staubbedeckten Möbeln, den alten Fotos in den Schubladen, dem Besteck für den Alltag in der Küche, den Laken, die vielleicht schon die Mäuse angeknabbert hatten; dieses Haus, dessen Schlüssel ich seit Papas Tod wie ein seltsames Amulett immer bei mir trug, wobei ich niemals gedacht hätte, dass ich ihn noch einmal gebrauchen würde.

Der Zug fuhr durch den zweiten der drei Tunnel,

die wie ein »Sesam, öffne dich« den Weg nach Umbría freigeben, ins Land der Legenden, wie der Slogan unserer Tourismusmanager verkündet, und noch bevor wir aus dem dritten Tunnel herausgefahren waren, noch ehe ich mir über mein Tun klarwerden konnte, hatte ich die beiden Koffer heruntergeholt, die mich als Gepäck auf meiner Reise nach New York begleiten sollten, hatte mir Mantel und Hut angezogen und stand auf der Plattform, wo ich darauf wartete, dass hinter der langen Kurve der Bahnhof von Villasanta de la Reina auftauchte.

Ich weiß nicht, was ich dachte. Ich weiß nicht, was ich vorzufinden erwartete. Ich erinnere mich nur noch, dass etwas in meinem Innern mir sagte: »Jetzt oder nie«, und ich wusste auch, wenn ich diese Gelegenheit vorbeiziehen ließe, wenn ich nach Oneira durchführe, den Charterflug nach London nähme und von dort nach New York weiterflöge, würde ich das Städtchen meiner Kindheit nie wiedersehen.

Als der Zug an dem Bahnhof hielt, den ich seit 1974 nicht mehr betreten hatte, war ich für einen Augenblick drauf und dran, die Tür wieder zu schließen, doch dann stieg ich aufs Trittbrett, hob die Koffer herunter und stand nun auf dem Bahnsteig. Ich hielt meinen Hut fest und las die großen, schmutziggrauen Buchstaben an dem Vordach mit den schmiedeeisernen Säulen, während sich hinter mir der Zug wieder in Bewegung setzte. Als ich mich umdrehte, um ihm nachzublicken, sah ich nur noch kleine rote Lichter, die in die Dunkelheit verschwanden. Außer mir war niemand ausgestiegen, und der Bahnhofsvorsteher, der eine Laterne in der Hand hielt und das Gesicht vor dem Wind schützte, fragte mich in dem Akzent von Umbría, den ich schon fast vergessen hatte: »Wollen Sie in die Stadt runter?«

Ich nickte, woraufhin er fortfuhr: »Dann sage ich Braulio Bescheid, wenn's Ihnen recht ist. Oder wartet jemand auf Sie?«

»Nein«, antwortete ich. »Auf mich wartet niemand.«

Im Bahnhofsvorraum zündete ich mir eine Zigarette an, während der Mann in das Büro ging und telefonierte. Irgendwie fühlte ich mich wie kurz vor dem Erwachen aus einer lähmenden, benommen machenden Siesta. Alles war so wie in meiner Erinnerung: die Holzbänke, die handgeschriebenen Anschläge, die große Uhr mit den Eisenzeigern, deren Spitzen wie Pfeile geformt waren. Zehn vor elf.

»Er ist gleich da«, sagte er mir aus dem Büro heraus. »Aber warten Sie lieber drinnen. Es hat gerade zu regnen angefangen, da kommt bestimmt noch einiges runter. Arme Rübe, die heute Nacht auf dem Feld stehen muss!«

Nach fünfzehn Jahren in Madrid verblüffte mich der Ausdruck, aber der Mann sah mich mit seinen schwarzen Äuglein an, dazwischen die rote Knollennase, die einem eindeutig franquistisch inspirierten Schnauzbart zu entwachsen schien, und da tat ich ihm den Gefallen zu lachen. Dann ließ er mich, ohne ein weiteres Wort zu verlieren, allein im Bahnhofsvorraum zurück.

Ich setzte mich auf eine Bank nahe der Tür, nachdem ich mich durch einen Blick aus dem Fenster vergewissert hatte, dass die Straße immer noch leer war, und auf einmal überkam mich der übermächtige

Wunsch zu fliehen, wohin auch immer, in diesem Bahnhof so lange sitzen zu bleiben, bis irgendein Zug mit irgendeinem Ziel vorbeikäme, denn nur so war die Katastrophe zu vermeiden, die mich in Villasanta unweigerlich erwartete. Ich wusste, dass es verrückt war, dass ich in einem Städtchen dieser Größe, so sehr es gewachsen und modernisiert worden sein mochte, unvermeidlich Celia begegnen würde, die jetzt wahrscheinlich in dem großen Eisenbett schlief, wo wir uns zum ersten Mal geliebt hatten, wo ich zum ersten Mal ihren nackten Körper gesehen hatte, diesen Körper, der noch immer in meinen Träumen auftaucht und der jetzt, da sie siebenundsechzig Jahre alt ist, runzlig und schlaff sein muss wie eine welke Blume.

Was würde ich ihr sagen, wenn ich sie sähe? Was würde sie mir sagen? Vielleicht würde sie mich partout nicht wiedererkennen wollen, würde erhaben und streng an mir vorübergehen wie immer schon, mit ihrem Profil, das einer antiken Münze glich, und in die Ferne wie in eine andere Welt blicken. Vielleicht hatte sie die Liebe und den Schmerz jener fernen, fünfundzwanzig Jahre zurückliegenden Monate aber auch vergessen und würde mich herzlich und ungezwungen grüßen, ohne Groll oder Erregung. Vielleicht hatte sie einen verwitweten Notar geheiratet und am Ende ihres Lebens doch noch das Glück erfahren, einen rechtmäßigen Ehemann zu haben und sich nicht für ihre Liebe schämen zu müssen. Denn als ich sie kennenlernte, war sie das, was meine Eltern »eine gezeichnete Frau« nannten.

Als es auffallend wurde, dass ich um sie herumschlich, erzählte Mama mir ihre Geschichte: Celia war ungefähr in ihrem Alter, ein wenig jünger; als Mädchen waren sie zusammen zu Doña Lauras Atelier gegangen, wo sie ihre Aussteuer nähten, allerdings wollte Celia Schneiderin werden, und ihr Bräutigam war nicht damit einverstanden, dass sie als verheiratete Frau noch arbeitete. Eines Tages kam ein Fremder ins Städtchen, ein rätselhafter Mann, sagte Mama, der wie aus dem Nichts aufgetaucht war und den niemand kannte, ein schon reiferer Herr, der ihr mit seinen guten Manieren und seinem eleganten Auftreten nach wenigen Tagen den Kopf verdreht hatte. Celia verließ ihren Bräutigam ohne irgendeine Erklärung, und in den nächsten Monaten zeigte sie sich überall Arm in Arm mit dem Fremden. So etwas war damals ein Skandal, ganz abgesehen von der Meinung ihrer verwitweten Mutter, ihrer Freundinnen, Nachbarinnen, aller Leute von Rang und Namen, die um ihren Ruf fürchteten. Sie alle provozierte sie, und gemeinsam mit ihm pfiff sie darauf, bis sie beide für den ersten Sonntag im Dezember das Aufgebot für ihre Hochzeit in der Kirche Santa María bestellten. Doch dann geschah das Unvermeidliche, wie es das ganze Städtchen, ob in Furcht oder hämischer Erwartung, nicht anders hatte kommen sehen. Am Hochzeitstag stand sie bereit in ihrem weißen Kleid, an dem nur das Geißblattsträußchen fehlte, das der Bräutigam ihr bringen sollte, doch wer nicht kam, war der Fremde. Nie wieder erfuhr man etwas von ihm, und später hieß es auch noch, die Dollars, die er in der Bank gewechselt hatte, seien falsch gewesen. Er war verschwunden, wie er aufgetaucht war, und alle im Städtchen machten einen großen Bogen um sie. Man war sich einig, dass ein Mädchen, das sich in der Öffentlichkeit bereitwillig von seinem Verlobten hatte anfassen lassen, von einem Verlobten, der um die fünfzig war, ein unbekanntes Vorleben hatte und dann auch noch am Tag der Hochzeit verschwand, dass so ein Mädchen nicht mehr genügend Keuschheit besaß, als dass ein anständiger Junge aus Villasanta sich entschließen könnte, mit ihm ein offizielles Verhältnis einzugehen.

»Ich glaube, sie wartet noch immer auf ihn«, sagte Mama, als sie mit der Geschichte zu Ende war. »Wenn man so will, hat sie aus ihrem Leben das Beste gemacht. Sie ist ins Ausland gegangen, hat viel gelesen, näht Kleider, von denen die besten Geschäfte in der Hauptstadt nur träumen können, aber sie hat nie einen Mann gefunden wie den, den sie verloren hat. Und ich glaube, insgeheim, in der Tiefe ihres Herzens, wartet sie noch immer auf ihn. Diese Frau ist nichts für dich, mein Junge. Abgesehen davon, dass sie deine Mutter sein könnte, hat diese Frau einen Herrn. Und wenn du auf dem Unmöglichen bestehst, tötet sie dich noch.«

Wir sprachen nicht wieder von ihr, weder nachdem sie mich verlassen hatte, noch als ich ohne Erklärungen aus Villasanta fortging, noch als ich mich weigerte, in Montecaín das Studium zum Hoch- und Tiefbauingenieur aufzunehmen, und lieber Onkel Eloys Angebot annahm, ihm in der Uhrmacherwerkstatt zu helfen, bis ich mich so weit gefangen haben würde, um entscheiden zu können, was ich aus meinem Leben machen wollte. Die Frage stellte sich mir gar nicht erst. Ich war wie ein Kriegsversehrter, wie ein Junge, der sich mit zwanzig Jahren damit abfinden muss, dass ihm ein Bein fehlt oder dass er für immer blind sein wird. Celia hatte mir etwas ausgerissen, das ich nie benennen konnte; ich weiß aber, dass es ein lebenswichtiger Bestandteil von mir war. Mir blieb nichts anderes übrig, als das zu akzeptieren und damit leben zu lernen, ohne ein Melodrama, eine Tragödie daraus zu machen. Wenn jemand durch eine Motorsäge seine Hand verliert, lernt er, mit der anderen zurechtzukommen; irgendwann vermisst er sie nicht einmal mehr, trotz des Armstummels, der ihn immerfort an seine Langsamkeit gemahnt, an seine Ungeschicktheit, an den verhängnisvollen Fehler, der ihn unumkehrbar zu dem gemacht hat, der er nun ist. Nie kam ich darauf, mich zu bemitleiden, und meinen Verlust konnte ich teilweise ausgleichen durch das, was ich mit der Zeit gewann: meine Einsamkeit, meine Liebe zu guter Arbeit, mein handwerkliches Geschick, das ich in Onkel Eloys Werkstatt zu entdecken begann, als ich zunächst Uhren reparierte, später irgendein Armband, bevor ich nach und nach in die faszinierende Welt der Edelsteine und Schmuckgestaltung vordrang, die schließlich meine Leidenschaft und mein Beruf wurde.

In jener Nacht im *Negresco* warf Celia mir ausweichende, rätselhafte Blicke zu, als hätten meine Augen sie, was ich kaum zu glauben wagte, auf irgendeine Weise in den Bann gezogen, als suchte sie in mir etwas, das ich nicht war, und das bestärkte mich in dem Bewusstsein, dass es zum Scheitern kommen musste. Ich, ein neunzehnjähriger Junge, der mit Ach und Krach die Schule zu beenden versuchte, ohne die geringste Vorstellung, was einmal aus ihm werden sollte, ein großer, dünner Junge in Jeans und Lederjacke, der noch nie ernsthaft mit einem Mädchen gegangen war, konnte unmöglich das sein, was sie suchte.

Ich sah, wie sie mit ihren feinen Händen an einer Serviette nestelte, doch gleich darauf nutzte sie die kurze Abwesenheit ihrer Freundin und zog einen Zettel aus der Tasche, auf den sie hastig eine Notiz schrieb und den sie im Aschenbecher vernichtete, bevor die andere zurückkam und sie beide aufstanden, um zu gehen. Ich näherte mich dem Tisch, an dem sie gesessen hatte; sammelte die Papierschnitzelchen ein, die so klein wie Konfetti waren, ohne dass meine Freunde mich sahen; dann verabschiedete ich mich überstürzt und folgte den beiden Frauen durch die Straßen im Ortskern, versteckte mich in Eingängen und hinter erloschenen Schaufenstern, bis ich Celia in einem Haus in der Calle Campoamor verschwinden sah, der Nummer 77. Dann stahl ich mich davon, und in der Einsamkeit meines Zimmers saß ich eine Ewigkeit daran, diese Nachricht in kleiner und nervöser Schrift wieder zusammenzusetzen:

Komm um halb zwei zu mir nach Hause. Celia

Jetzt kommt es mir albern vor, zu sagen, dass mir schwindlig wurde, dass ich für einige Augenblicke das Gefühl hatte, mein Zimmer dehnte sich aus und zöge sich wieder zusammen wie in meinen schlimmsten fiebrigen Albträumen, dass mich eine nie da gewesene Angst überkam und ich alles gegeben hätte, um sie bloß nicht am Kinoausgang gesehen, um bloß nicht ihren gelben Blick aufgefangen zu haben.

Die Schwarze Witwe. Eine ältere Frau, die einen Jungen nach Mitternacht zu sich nach Hause bestellt.

Es war fast eins. Ich hatte eine halbe Stunde Zeit, um zu entscheiden, ob ich es wagen und dieser Einladung folgen wollte, die tatsächlich nie ausgesprochen worden war, oder ob ich mich ins Bett legen und alles vergessen sollte, was so viel auch nicht war: eine reife, erfahrene Frau, die bemerkt hat, was für einen Eindruck sie auf einen großen, dünnen Jungen macht, und beschließt, ihn auf möglichst filmreife Weise zu einem unverbindlichen Abenteuer zu verführen.

Ein Hupen, das durch den Regen hindurch zu mir drang, verscheuchte die Erinnerungen, und mit einem Blick auf den Bahnhofsvorplatz entdeckte ich den großen und bauchigen Wagen, der aussah, als stammte er aus einem Schwarz-Weiß-Film, und in dem der Taxifahrer auf mich wartete. Ich stellte die beiden Koffer auf den Rücksitz und setzte mich neben den Mann, der wie ein nasser Hund roch.

»Soll ich Sie zum Hotel oder zum Gasthaus bringen, der Herr?«

»Zum Hotel *Sandalio*«, hörte ich mich sagen.

Ich wusste nicht, ob es das Hotel *Sandalio,* das mich als Kind so fasziniert hatte, so noch gab, aber an diesem Abend beschloss ich, dass es einen Versuch wert war, falls meine Entscheidungen überhaupt von Wert waren und nicht doch von außen gefällt wurden, von einer anderen Instanz, die von Dingen wusste, von denen ich keine Ahnung hatte. Jenes Hotel war jahrelang das einzige in der ganzen Gegend gewesen, das sich so nennen und angeberisch an seiner Tür einen Stern tragen durfte. Es war der magische Ort, wo sich die Schauspieler der Wandertheater einquartierten, die Handlungsreisenden und die Familien der Bräutigame, die nach Villasanta gekommen waren, um ein Mädchen von dort zu heiraten; seine Schwelle durften die Leute aus dem Städtchen nicht übertreten, dafür sorgte Dimas hinter dem Empfangstresen, der uns davon abhielt, die Herrschaften zu stören, die wir Kinder durch die Fenster der kleinen Eingangshalle ausspähten. Die Vorstellung, dieses Vestibül mit seinen vergoldeten Wandleuchtern zu durchqueren und die Stufen mit dem zerschlissenen roten Teppich hochzugehen, erfüllte mich nun mit Genugtuung, als hätte es sich allein deshalb schon gelohnt, nach Villasanta zurückzukehren.

»Lauschiger Abend, nicht wahr?«

Der Regen hing wie ein dichter Schleier vor der Windschutzscheibe, und hin und wieder erhellten die violetten Blitze flackernd die Dunkelheit, die umso tiefer wurde, wenn das Licht wieder erlosch. Auf dem ganzen Weg begegneten wir keinem einzigen Fahrzeug, und ich dachte, es müsse einen Stromausfall gegeben haben, weil es keine Straßenbeleuchtung gab und weil die Burgruine, die doch immer prachtvoll angestrahlt war, sich nur als schwacher Schatten von der Schwärze der Nacht abhob.

Das Taxi hielt vor einer Tür, unter der ein mattes Licht vorschien. Leuchtenden Schriftzug gab es keinen.

»Warten Sie doch, ich helfe Ihnen.«

Braulio stieg aus dem Wagen und machte sich daran, meine alten Lederkoffer herauszuzerren, während ich mich im Eingang unterstellte, um aus meiner Brieftasche das Geld zu nehmen. In diesem Augenblick kam ein Mann aus dem Hotel gerannt, der sich rasch eine Lammfelljacke überzog:

»Braulio, ein Segen, dass du da bist. Dich schickt der Himmel. Du musst mich unbedingt nach Los

Altos zur Klinik fahren. Bei Lolín ist die Geburt losgegangen. Der kann morgen zahlen«, sprach er mich an, ohne mich anzusehen. »Seien Sie so gut, füllen Sie die Karte am Tresen aus, und suchen Sie sich irgendein Zimmer aus. Die Schlüssel hängen in den Fächern. Wenn Sie mich fragen, die Zweiundzwanzig ist das beste. Fühlen Sie sich wie zu Hause, mein Herr«, sagte er noch, bevor er die Tür hinter sich schloss.

Einige Sekunden später waren Braulio und der werdende Vater von dem Gewitter verschluckt, und ich befand mich allein in der Eingangshalle des Hotels *Sandalio*.

Alles war genauso wie in meinen Kindheitserinnerungen: der Wandleuchter, der aus der Requisitenkiste eines Laientheaters zu stammen schien, das schwarze Eisengeländer mit den Blümchen, der granatrote Teppich, die mysteriösen Winkel der kleinen Halle, kaum berührt vom Licht der bläulichen Petroleumlampe, die auf dem Tresen der Rezeption brannte, die goldenen Schlüssel in ihren Fächern und die Stille, eine dichte, fast fühlbare Stille wie in einer Kirche.

Ich ging zum Tresen und fing mit dem Ausfüllen eines Kärtchens an, wofür ich mich auf das offen daliegende Gästebuch stützte, als meine Augen auf einmal an den rechten Rand des weißen Rechtecks glitten und ich fast unbewusst die Geburtsdaten der anderen Hotelgäste las: 1922, 1917, 1924, 1911. Unwillkürlich hielt ich im Schreiben inne, während ich über meine Angaben nachsann. Der jüngste dieser Herrschaften war fünfundsiebzig Jahre alt. Anscheinend war das Hotel in ein Altersheim umgewandelt worden, nachdem ich aus Villasanta fortgegangen war, und der Taxifahrer dachte bestimmt, ich wolle einen der Bewohner besuchen, denn anders war nicht zu erklären, warum er mich nicht darauf hingewiesen hatte.

Ich ließ das Kärtchen unausgefüllt liegen und nahm den Schlüssel von Zimmer zweiundzwanzig, um diese eine Nacht zu bleiben, obwohl mir kurz die Idee durch den Kopf gegangen war, das Haus aufzusuchen, das ehemals meines gewesen war, und das Hotel zu vergessen. Aber ich sah sofort ein, dass es absurd war, im Regen durch die halbe Stadt zu gehen und in einem Haus unterzuschlüpfen, das seit über zwanzig Jahren unbewohnt war, und das bloß, weil ich ein wahrscheinlich komfortables Hotel nicht mit einer Handvoll alter Leute teilen wollte.

Als ich mich aus meinem Zimmerfenster lehnte, lag die Straße noch immer dunkel und wie ausgestorben da, der Regen klatschte mit einem beruhigenden, vertrauten Trommeln auf die Pflastersteine, und als ich zwischen die kalten, fast feuchten Laken schlüpfte, fühlte ich mich für einen Moment in meine Kindheit zurückversetzt, rechts das Fenster und links das Nachttischchen, gegenüber der Kleiderschrank mit dem Spiegel, dann der Regen, der unbeirrbar auf die Dächer prasselte, die wunderbaren Träume, die schon unterwegs zu einem waren.

IN DER NACHT, ALS ICH CELIA TRAF, regnete es nicht, und meine Träume waren auch nicht lieblich. Im schlimmsten Albtraum meines Lebens, den ich erst ein Vierteljahrhundert später begreifen sollte, sah ich mich aus einem Zug steigen und in einen anderen und wieder in einen anderen umsteigen, in einem riesigen Bahnhof mit einem himmelhohen Dach aus Glas, wo sich alle Gleise zu einem Labyrinth verflochten und ein Mann in dunkler Uniform, ohne Gesicht und ohne Augen, mit einer riesigen schwarzen Mütze, die seinen verschwommenen Kopf krönte, mich in barschem Ton fragte: »Wohin wollen Sie?«, »Wohin wollen Sie?« Ich war im Traum schweißgebadet, erkannte nur mühsam, was um mich herum geschah, kämpfte gegen meine bleischweren Lider, die mir zufielen und Celias schwach hinter einem Zugfenster aufscheinendes Gesicht vor mir verbargen, und ich strengte mich an zu antworten: »Zurück«, »Zurück.« Aber das Wort kam mir nicht über die Lippen, und der Mann zwang mich, in irgendeinen anderen Zug zu steigen, und Celia entfernte sich immer weiter, ihr Gesicht schmerzverzerrt und untröstlich.

Den ganzen nächsten Morgen in der Schule schalt ich mich, dumm und feige zu sein, und dachte darüber nach, wie ich sie wiedersehen, mit ihr reden, wie ich an sie herankommen könnte, obwohl sie eine reife Frau war und ich ein Junge, der noch fast ein Kind war. Mir fiel nichts ein. Ich wusste, wo sie wohnte, aber ich konnte nicht einfach dort hingehen ohne einen Vorwand, der es mir erlauben würde, mich in Würde zurückzuziehen, falls sie nichts von mir wissen wollte.

Auf dem Heimweg dann ließ ich mir all die wunderbaren Kinogeschichten durch den Kopf gehen, wie man eine Frau ansprach, als mich auf einmal eine meiner Schulkameradinnen anhielt und mich fragte, ob ich am Sonntag bei der Domund-Sammlung mitmache. Ich wollte ihr schon eine Abfuhr erteilen und entgegnen, dass ich am Sonntagvormittag Besseres vorhatte, doch dann kam mir plötzlich, dass das vielleicht die Lösung war: zu gemäßigter Morgenstunde bei Celia zu klingeln unter dem Vorwand, Geld für die armen Negerkinder zu sammeln. Natürlich war das eine Ohrfeige für die kümmerliche Selbstachtung meiner neunzehn Jahre, aber vielleicht nahm damit etwas seinen Anfang, das mir zu viel bedeutete, um mich mit Betrachtungen über den männlichen Stolz aufzuhalten. Ich sagte ihr, sie könnten mit mir rechnen, und wir verabredeten uns für Sonntag, neun Uhr, vor der Kirche Santa María.

Aber so weit kam es nicht. Kaum war ich zu Hause, teilte uns Mama beim Mittagessen mit, dass wir uns heute Abend selbst versorgen müssten, weil sie mit ein paar Freundinnen ins Kino gehen wolle, um eine Vorführung von *Vom Winde verweht* zu sehen, dem Kultfilm ihrer Jugend.

»Wir sind im Kasino verabredet, um dort eine Kleinigkeit zu essen, und dann gehen wir ins Kino und heulen vier Stunden am Stück Rotz und Wasser.«

Ich weiß nicht, warum meine Mutter so gerne »Rotz und Wasser heulen« sagte, anscheinend war das für sie der höchste Kinogenuss.

»Wer geht alles mit?«, fragte mein Vater.

»Die, die immer mitgehen, und Amalín und Celia, wie in alten Zeiten.«

»Die gefürchtete Bande aus Doña Lauras Schneideratelier«, fügte er mit einem erinnerungstrunkenen Lächeln hinzu.

Sofort bekam ich einen trockenen Mund und musste die Gabel am Teller abstützen, damit keiner sah, wie mir die Hand zitterte. Es ist schon seltsam, wie klar ich mich daran erinnere, und wenn ich die Augen schließe, sehe ich noch den Resopaltisch in der

Küche, den Duralex-Teller, die Gabel des Bestecks für jeden Tag, die sich wie ein metallener Schmetterling niedergelassen hatte und in der Mittagssonne schillerte, meine eigene Hand mit den langen und knochigen Fingern, die im Lauf der Jahre so kräftig und geschickt geworden ist und die damals noch nicht Celias seidige Haut gestreichelt hatte.

»Kann ich mitkommen, oder wollt ihr Frauen unter euch sein?«, fragte ich zu meiner eigenen Überraschung.

Mein Vater war perplex: »Seit wann interessierst du dich für so etwas?«

»Ich weiß nicht. Ich habe so viel über den Film gehört, dass ich mir gerne selbst eine Meinung bilden würde.«

»Kann ich auch mitkommen?«, fragte meine Schwester.

Meine Mutter war geradezu stolz.

»Wenn ihr wollt, kommt ihr mit. Aber nicht zum Essen. Das ist nur was für die Mädchen aus dem Schneideratelier. Dort, Kinder, habt ihr nichts zu suchen.«

Der Film begann um acht. Um Viertel nach sieben waren Carmina und ich am Kinoeingang, um uns für unsere Mutter und ihre Freundinnen anzustellen, und ich glaubte, ich würde bei Celias Anblick in Ohnmacht fallen.

Dazu kam es nicht. Als sie endlich eintrafen, aufgeregt wie ein Taubenschwarm, dem man eine Handvoll Reiskörner hingeworfen hat, war Celia nicht unter ihnen. Ich musste mir auf die Zunge beißen, um nicht nach ihr zu fragen, aber zum Glück tat das eine Bekannte meiner Mutter für mich, die schon genauso lang in der Schlange stand wie wir. So erfuhr ich, dass Celia am Bahnhof noch ein Paket abholen musste und direkt zum Kino kommen würde.

Wir setzten uns in zwei Reihen, und Mama flüsterte mir ins Ohr: »Halte Celia einen Platz frei. Heute Abend wird es brechend voll, und wenn ich für jemanden frei halte, denken die Leute sonst was.«

Fünf Minuten nach Filmbeginn kam sie. Mamas Freundinnen lotsten sie an ihren Platz, ich nahm meine Jacke weg, und für eine Sekunde trafen sich unsere Blicke. Ich bekam nichts von dem mit, was in den nächsten vier Stunden auf der Leinwand ablief. Flüchtig erinnere ich mich an einen glutroten Himmel, an zwei Profile, das eine dunkel und das andere blass, an ein großes weißes Haus. Nichts weiter. Meine ganze Erinnerung konzentriert sich auf das elektrisierende Gefühl, Celias Körper neben mir zu spüren, der von meinem nur durch die Armlehne getrennt war, die bleiche Rundung ihrer Knie, ihre wie zu einem Klagegebet aneinandergepressten Hände, die Tränen, die ihr über die rechte Wange liefen und die sie mit einem altmodischen Taschentuch trocknete, den ebenso altmodischen Duft, wie nach Veilchen, der ihrem Körper entströmte, wenn sie sich auf dem Sitz bewegte.

Beim Hinausgehen, überall lächelnde Frauen mit geröteten Augen, musste Celia am Tresen des Kinos das Paket abholen, das man dort für sie während der Vorstellung aufbewahrt hatte.

»Lass mal«, sagte eine von Mamas Freundinnen. »Gibt es hier denn keinen Kavalier, der Celia das Paket nach Hause bringt? Es ist zentnerschwer«, und dabei sah sie mich an.

Ich stammelte etwas, das offenbar wie eine Zustimmung klang, und jemand drückte mir das Paket wie ein Riesenbaby in die Arme, sodass mir die Sicht auf Celias Gestalt versperrt war, die, ohne mich zu beachten, vor mir herging, eine weiße Göttin, dahinter ihr Träger, der ihr durch ein geheimnisvolles Labyrinth folgte. So stieg ich hinter ihr die enge und dunkle Treppe hoch, bis ich im dritten Stock auf dem Treppenabsatz stehen blieb, während sie mit einem mächtigen Schlüssel aufsperrte, mir die Konsole zeigte, auf der ich meine Last abstellen sollte, und die Tür schloss.

Wir blieben im Flur stehen, blickten uns an, obwohl wir uns kaum sahen in der Dunkelheit der Wohnung, nur gelichtet durch den Schein einer Laterne, der durch das Glas des Balkons hereinfiel. Sehr langsam zog sie sich die Handschuhe aus, schnell dagegen ging ihr Atem, als hätten die drei Stockwerke sie ungeheuer angestrengt.

»Wer bist du?«, fragte sie mich mit zitternder Stimme.

»Der Sohn von Marga«, antwortete ich.

»Komm, geh. Es ist spät. Danke für …«

Ich konnte nicht antworten; es war, als drückte mir eine unsichtbare Hand den Hals zu. Diese Frau zog mich auf eine Weise an, wie ich es mir nie habe erklären können; es war, als hätte sie mich mit einer Harpune getroffen und vergnügte sich damit, das Tau zu lockern und wieder zu spannen, während das Eisen sich immer tiefer in mich hineinbohrte. Aber sie vergnügte sich nicht. Ihr Ausdruck hatte etwas Schmerzliches, als gelänge es ihr nicht, mich gehen zu lassen, als spürte auch sie den Biss der Harpune, der mich tötete.

Ohne sie anzublicken, ging ich an ihr vorbei zur Tür, zu der sie mit dem Rücken stand. Sie hob eine Hand, entweder um sich zu verabschieden oder mich aufzuhalten, das weiß ich nicht, und ihre Finger hielten auf der Höhe meiner Schläfe inne, in einer vielleicht unbeabsichtigten Liebkosung. Ich war so elektrisiert, dass mir fast schwarz vor Augen wurde, aber ich wich ihr nicht aus. Stück für Stück, in atemberaubender Langsamkeit, glitt ihre Hand meine Wange hinab, fuhr wieder hinauf, wühlte sich in mein Haar, wanderte hinunter zu meinen Lippen, die, ich konnte es nicht verhindern, sich zu einem Kuss schürzten, was ich fast schon bereut hätte, als sie einen Schritt auf mich zu tat und ihre Lippen plötzlich den Platz einnahmen, den ihre Finger eine Sekunde zuvor noch besetzt hatten.

Ich weiß nicht, wie lange wir dort standen und uns küssten, im Dunkeln vor der geschlossenen Tür. Eine Zeit, die keine Uhr messen könnte, eine Zeit, die in einer anderen Welt verlief.

»Du bist zurückgekehrt, mein Gott, du bist zurückgekehrt«, hörte ich sie murmeln.

Ich begriff nicht, was sie sagte, und es war mir

nicht wichtig. Mir war nur wichtig, dass ich sie umarmte, dass ich ihren Körper spürte, ihr Verlangen, das Wunder, von dem ich niemals zu träumen gewagt hätte.

Wieder küssten wir uns lange, verzweifelt, als wäre es ein Abschied und nicht ein Anfang. Dann löste sie sich von mir, keuchend, lehnte sich für einen Moment an die Tür und öffnete sie langsam.

»Es ist spät. Marga wartet sicher auf dich.«

Ich wollte ihr sagen, dass das nicht wichtig war, dass ich noch bei ihr bleiben wollte, und sei es nur für noch einen Kuss, aber ich traute mich nicht. Ich senkte den Kopf und trat zur Tür hinaus, ohne sie zu fragen, wann und wie wir uns wiedersehen konnten, ob sie mich überhaupt wiedersehen wollte.

Bevor sie die Tür schloss, murmelte sie, so leise, dass ich ihre Worte fast erraten musste: »Morgen ist Samstag. Denk dir irgendetwas aus, und komm mich am Abend besuchen, sagen wir ...«, sie machte eine Pause, die mir ewig vorkam, »... um elf. Nein. Um zehn. Wenn du willst ... Ich habe so lange auf dich gewartet.«

Die Tür fiel ins Schloss, und ich ging wie unter Drogen nach Hause, stelzte wie eine Puppe, wie der Aufziehroboter, den ich mit acht Jahren geschenkt bekommen hatte. Ich setzte einen Fuß vor den anderen, ohne zu wissen, wohin ich ging, bis ich mich irgendwann in meinem Bett wiederfand, einschlief und alle paar Minuten erwachte, weil ich fürchtete, das alles sei nur ein Traum gewesen, Celia sei nie vom Bahnhof zurückgekehrt und ihre Küsse und ihre Botschaft seien nichts weiter gewesen als eine Sinnestäuschung.

So schlief ich auch in meiner ersten Nacht im Hotel *Sandalio*: unruhig, immer wieder wachte ich auf, als die Kirchenglocken von Santa María schlugen, als der Regen irgendwann in den frühen Morgenstunden aufhörte und eine Leere hinterließ wie ein Loch in der Nacht, das eine plötzliche, dichte Stille füllt, und ich fühlte mich wehrlos einer noch unbestimmten Gefahr ausgeliefert. Als ich aufwachte, war ich orientierungslos; ich wusste nicht, wo ich war, und eine ganze Weile glaubte ich, ich befände mich in meinem alten Kinderzimmer und brauchte nur meine Mutter herbeizurufen, die mir die Hand auf die Stirn legen und mich fragen würde, was geschehen sei. Nach ein paar Sekunden wurde mir bewusst, dass ich ein erwachsener Mann war und im Hotel *Sandalio* in einem Bett mit einer wollenen Matratze lag, die in der Mitte eingesackt war wie ein Schützengraben, dass dieser Mann nach seinem Abschied von Onkel Eloy schon längst in Oneira hätte sein sollen und dort irgendwie die Zeit bis zum

Abflug totschlagen müsste, doch einer lächerlichen Laune zufolge war dieser Mann stattdessen in Villasanta mit dem Vorhaben, einen Vormittag lang seine angestaubten Erinnerungen der Gegenwart gegenüberzustellen. Nachdem ich der Wirklichkeit ins Auge gesehen hatte, schlief ich sofort wieder ein.

Ich stand zeitig, bei Morgendämmerung, auf; ich betrat ein vorsintflutliches Bad und rasierte mich mit kaltem Wasser, und währenddessen überlegte ich mir, dass ich einen Spaziergang durch den Ort machen und mir ansehen wollte, was der Zeit in Villasanta alles zum Opfer gefallen war, so wie ich jetzt Bilanz zog über die Spuren der Zeit in meinem Gesicht: leichte Tränensäcke, überall graue Haare, und die ehemals glänzenden Augen waren matt geworden wie Flusskiesel, die man aus dem Wasser geholt hat. Wie mochte mein Städtchen aussehen? Bis zur Unkenntlichkeit modernisiert wie alle Städte, voller funkelnagelneuer Häuser anstelle der zweistöckigen alten Häuser mit ihren Balkonen und immer offen stehenden Eingangstüren? Wahrscheinlich gab es riesige Einkaufszentren, Spielsalons und Videoclubs, und die großen Lichtspielhäuser meiner Jugend würden durch elegante, winzige Kinos ersetzt worden sein, auf die diese modernen Bürgermeister so stolz waren. Was würde aus meiner Zeit noch übrig sein, an das ich mich erinnerte? Würde Celias Haus noch stehen? Würde ich mich trauen, zu diesem Haus zurückzukehren, zumindest an seiner Tür vorbeizugehen und mich zu erinnern? Hätte ich den Mut, ihren Namen im Telefonbuch zu suchen, sie anzurufen, sie auf einen Kaffee einzuladen, nachdem ich mich fünfundzwanzig Jahre lang angestrengt hatte, sie zu vergessen? Hätte ich den Mut, ihr mein Scheitern einzugestehen?

Ich schlüpfte in den Anzug vom Vortag, den ich eigens zum Abschied Onkel Eloys angezogen hatte. Ich hatte dem alten Herrn mit seinem streng konservativen Kleidungsgeschmack eine Freude machen wollen, bevor ich nach New York gehen und in eine neue Etappe meines Lebens eintreten würde, um Schmuck zu entwerfen für die amerikanischen Frauen, die seit einigen Jahren dank Madeleine und ihrer exklusiven Boutique meine etwas altmodischen, an Jugendstil erinnernden Stücke für sich entdeckt hatten. Jetzt kam ich mir auf einmal verkleidet vor wie noch nie in dem dunkelgrauen Anzug, der gestreiften Krawatte und dem blauen Mantel – meine bescheidene Würdigung an Cohen –, wie ein Reisender aus einer anderen Zeit. Aber ich war zu faul, um den Koffer zu öffnen und aus meinen Sachen die Jeans und einen Pulli herauszusuchen. Ich beabsichtigte nicht, länger zu bleiben, sodass es sich nicht lohnen würde auszupacken; ich wollte noch am selben Nachmittag weiterfahren, damit ich rechtzeitig zum Abendessen in Oneira ankäme und Onkel Eloy mich, wie es sein unbedingter Wunsch sein würde, in sein derzeitiges Lieblingsrestaurant einladen könnte.

Ich ging hinunter zur Rezeption und bemühte mich, keinen Lärm zu machen. Alte Leute haben einen leichten Schlaf, und es war erst kurz nach sieben. Ich musste noch das Zimmer und das Taxi von der Herfahrt bezahlen und wollte zum *Negresco* gehen und sehen, ob es dort zum Frühstück noch diese gefüllten Krapfen gab, danach würde ich den langen Spaziergang unternehmen, der mich an alle Orte meiner Erinnerung führen sollte.

Vor der Rezeption stand ein Mann in meinem Alter, mit Schnauzbart und Bürstenschnitt, ebenfalls im Anzug, der mich gleich beim Herunterkommen grüßte:

»Guten Morgen! Wissen Sie zufällig, wo Dimas steckt?«

Der Name entlockte mir ein Lächeln. Möglicherweise hatte der alte Dimas sich ein Denkmal setzen wollen und seinem Sohn seinen eigenen Namen gegeben, und möglicherweise war dieser seit ein paar Stunden der stolze Vater eines neuen, winzigen und über sein Schicksal noch ahnungslosen Dimas.

»Ich weiß nicht, ob wir denselben meinen«, antwortete ich, »aber als ich letzte Nacht angereist bin, wollte er in die Klinik, weil es bei seiner Frau mit der Geburt so weit war.«

»Na! Endlich! Die Arme war schon über den Termin, und der Knabe konnte sich nicht entschließen, auf die Welt zu kommen.« Er schlug zweimal mit der Handfläche auf den Tresen. »So, ich muss jetzt los, am besten lasse ich ihm das Geld mit einer Notiz in der Schublade. So etwas kann dauern, und ich muss heute noch zu fünf Kunden und am Abend weiter nach Montecaín.«

Er zückte seine Brieftasche, und zu meiner Verwunderung war der Fünfhundertpesetenschein, der daraus zum Vorschein kam, so ein blauer Schein, wie ich ihn noch aus meiner Jugend kannte und seit Jahren nicht mehr gesehen hatte. Fast hätte ich ihn gefragt, ob ich ihn mir ansehen dürfe, als mein Blick auf den Kalender fiel, der in dem kleinen seitlichen Büro hinten an der Wand hing.

»Sagen Sie«, fragte ich, während mir der Mund auf einmal ganz trocken wurde: »Wissen Sie, was heute für ein Datum ist?«

»Der elfte September.«

Das stimmte. Aber welches Jahr? Das war die Frage, die mich eigentlich umtrieb und die ich nicht herausbrachte. Denn wenn dieser Kalender nicht nur ein Wandschmuck war, ließ das September-Blatt mit seinen großen Ziffern keinen Zweifel daran, dass das Jahr 1952 war. Und das war unmöglich.

Trotz des Automodells des Taxis, das mich in den Ort gebracht hatte, trotz der fehlenden Straßenbeleuchtung am Abend zuvor, trotz der Schnauzbartmode und des Anzugs dieses Herrn, trotz des Kalenders und des blauen Geldscheins war das unmöglich.

»Gut«, sagte der Mann und verhinderte damit gerade noch, dass ich einen hysterischen Anfall bekam, »ich muss los. Hat mich gefreut, Sie kennenzulernen. Wenn Sie Dimas sehen, seien Sie so freundlich und richten Sie ihm aus, er soll mir für nächsten Monat, selbes Datum, wieder das Zimmer reservieren und dass das Geld in der Schublade liegt.«

Sobald der Mann gegangen war, zog ich die Schublade auf, nahm den Zettel mit der Notiz heraus und betrachtete lange den Geldschein, bis seine Umrisse vor meinen Augen verschwammen. Dann sah ich mir die Unterschrift an: Jesús Martín, konnte ich aus dem verschnörkelten Schriftzug mit Füllfederhalter entziffern. Dann schlug ich im Gästebuch nach, und dort war er: Jesús Martín, geboren in Rohíno am 9. April 1917.

Der Mann, der gerade mit mir gesprochen hatte, war also zweiundachtzig Jahre alt. Vorausgesetzt, wir befanden uns im Jahr 1999, was alles andere als sicher war.

MIT EINER UNGEAHNTEN BEKLEMMUNG in der Brust trat ich aus dem Hotel. In der Calle del Sandalio hatte sich nichts verändert. Oder doch. Alles hing vom Blickwinkel ab. Aus Sicht meiner Kindheit hatte sich nichts verändert. Aus Sicht meiner Jugend sprangen die Veränderungen sofort ins Auge: Die Straßenlaternen, die in meinem zwölften Lebensjahr neu waren, gab es noch nicht, stattdessen waren an jeder Straßenkreuzung und jeweils in der Mitte zwischen zwei Kreuzungen Kabel mit einer Glühbirne gespannt, an die ich mich aus meiner frühen Kindheit noch vage erinnerte; es gab keine parkenden Autos; in dem Erdgeschoss am Beginn der Calle Nueva, wo immer eine Apotheke mit Sonntagsdienst gewesen war, war jetzt eine private Eingangstür.

Meine Schritte hallten auf dem Pflaster, das von der Nacht noch feucht war. Die Plaza de San Onofre war wie ausgestorben, in ihrer Mitte die Statue, in ein Leichentuch aus tief hängendem Nebel gehüllt, während aus den Geschäften ringsum finstere, mit metallenen Riegeln und grau gestrichenen Holzläden verschlossene Löcher geworden waren, die verdeckt in den neoklassizistischen Laubengängen lagen. Die Calle Nueva bildete eine gerade Flucht aus verglasten Balkonen, die nur von dem stolzen, mit Efeu und Geißblatt bewachsenen Eisengitter des Kasinos unterbrochen war. Kein einziges mehrstöckiges Gebäude, keine Garage, noch nicht einmal ein Papierkorb.

Die Einsamkeit brachte mich zu der Überzeugung, dass dies ein Traum sein musste, und gerade darum wollte ich nicht erwachen. Wenn mein Gehirn mir schon das Spektakel einer in den Tiefen des Gedächtnisses fast verlorenen Zeit bot, sollte ich mich nicht länger mit Grübeln aufhalten, sondern es so lange wie möglich genießen; und dennoch, der dampfige Atem dieses kalten Morgens, das Grummen meines Magens und der Holzofengeruch, der allmählich den Platz einnahm, schienen mich mit aller Macht davon überzeugen zu wollen, dass meine Wahrnehmung für einen Traum einfach zu klar und intensiv war. Zwar träumte ich meistens in Farbe, aber noch nie hatte es Gerüche in meinen Träumen gegeben, und noch nie hatte mir darin so der Magen geknurrt.

Wenige Minuten später war es vorbei mit der Einsamkeit: Gruppen von Mädchen mit hochgesteckten Haaren und langen, engen Röcken überquerten, an den Armen untergehakt, die Straße; Arbeiter in Cordhosen und handgestrickten Pullovern eilten mit dem Henkelmann unterm Arm in die Fabrik; Männer mit Mütze und Schaffellweste; ein gut gekleideter Herr, der die Hand an die Hutkrempe führte, sobald eine der Damen vorbeikam, die mit dem Korb am Arm zum Markt gingen oder mit der Strickjacke über den Schultern in der einen Hand die Brieftasche festhielten und in der anderen das Brotsäckchen – eines dieser mit Kreuzstich bestickten Stoffsäckchen, die unsere Klassenkameradinnen im Handarbeitsunterricht anfertigen mussten, während wir auf dem freien Gelände gegenüber der Schule Fußball spielten.

Der Szene haftete etwas Beunruhigendes an, etwas Filmhaftes, als würden all diese Personen ausschließlich für mich die Straße bevölkern, um mich von der Wirklichkeit meiner Lage zu überzeugen, als stammte der Nebel aus irgendeiner leisen Maschine, die sorgfältig in einem der Keller ringsum versteckt worden war, als wäre die Sonne, die allmählich die vom Regen glitzernden Dächer rosa färbte, ein gigantischer Projektor mit der Aufgabe, die richtige Beleuchtung zu liefern.

Ich stellte mich an die Häuserecke gegenüber der Statue des heiligen Onofre wie ein gewissenhafter Tourist, der keine der Sehenswürdigkeiten, die ihm unterwegs begegnen, versäumen möchte, und eine lange Weile betrachtete ich von meinem Posten aus verzückt diese nicht existierende Welt.

Jeder, der vorbeikam, sah mich an. Die Männer taten es diskret, indem sie mir einen vermeintlich zufälligen Blick zuwarfen und sofort wieder wegsahen; die Frauen sahen mich offener an, die jungen Mädchen schubsten sich sogar im Vorbeigehen mit den Ellenbogen, kicherten und sahen sich manchmal unter irgendeinem Vorwand noch einmal um. Noch nie war mir die Kluft zwischen den Gesellschaftsschichten so bewusst geworden, auf den ersten Blick sah man, ob jemand Arbeiter, Angestellter, Hausfrau oder Dame eines reichen Hauses war. Mir begann sich der Kopf zu drehen, und ich hatte kalte Füße bekommen an dieser Straßenecke, an der ich mich schließlich als der fühlte, der ich war: ein Eindringling, ein Fremder in Villasanta.

Ich hatte mich immer als Außenseiter gefühlt, trotz der Liebe meiner Familie, meiner drei, vier Klassenkameraden, der Krämer, zu denen meine Mutter mich ihr Leben lang mit irgendwelchen Aufträgen geschickt hatte und die mich jedes Mal freundlich grüßten und sich nach der Schule und meinen festen Freundinnen erkundigten, die ich niemals hatte. Sogar in meinen besten Zeiten, als ich mich in die Stadtbibliothek verkroch und von einer glänzenden Zukunft träumte, bis Doña Rosario um zehn das Licht löschte und mich hinauswarf, hatte ich keinen sehnlicheren Wunsch, als aus Villasanta fortzukommen und irgendwohin zu gehen, wo ich mich zugehörig fühlte, an einen mythischen Ort wie Samarkand oder Paris oder, in meinen bescheidenen Phasen, nach Madrid oder wenigstens nach Oneira. Ich habe es nie geschafft. Ich wurde in Oneira nicht glücklich und auch nicht in Madrid, und ich glaube auch nicht, dass ich in New York glücklich werde, schon gar nicht jetzt, nach dem, was passiert ist.

An dem Tag jedoch, an dem ich nach Celias Kuss erwachte, dachte ich, dass es mir gelungen war, dass ich mich nur deshalb nie wohl in meiner Haut gefühlt hatte, weil ich irrtümlicherweise immer darauf gewartet hatte, dass ein Ort meine Sehnsüchte stillen würde und nicht ein Mensch. »Celia ist mein Zuhause«, dachte ich an jenem Morgen: »Die Frau, die für mich bestimmt ist.« Hatte nicht sie selbst es gesagt, »Ich habe so lange auf dich gewartet«? Der Moment, den ich mir nie hatte vorstellen können, war gekommen. Gottes Finger hatte mich berührt.

An jenem Tag in der Literaturstunde brachte uns der Lehrer, ein engagierter junger Mann, der eben erst seine Ausbildung beendet hatte und uns an allem, was ihn begeisterte, unbedingt teilhaben lassen wollte, die zwanzig Liebesgedichte von Neruda nahe, und diese Verse, die mich bei anderer Gelegenheit zum

Lachen gebracht hätten, trieben mir fast vor versammelter Klasse die Tränen in die Augen. Noch jetzt, ein Vierteljahrhundert später, kann ich das sechzehnte Gedicht auswendig aufsagen, auch wenn das zwanzigste meine Zukunft bestimmen sollte. Das zwanzigste und das anschließende »Lied der Verzweiflung«. Aber das wusste ich damals noch nicht. Damals kreisten meine Gedanken nur darum, die Stunden zu zählen, die es noch bis zehn Uhr abends waren, welche Entschuldigung ich bei meinen Freunden vorbringen und was ich zu Hause sagen sollte und dass ich an diesem Abend um elf jemandem gehören würde, zum ersten Mal und für immer, und dass Celia dann mein sei.

ICH SCHLIESSE DIE AUGEN, und noch immer fällt der Schnee vor dem Fenster in New York, während die Erinnerungen an jenen Abend auf mich einstürmen, unzusammenhängend, an den Rändern zerfleddert wie die Seiten eines sehr geliebten Buchs: Celia bebend, Celia nackt, Celia offen wie eine Magnolie, aus Leidenschaft gekreuzigt auf ihrem Eisenbett, Celia weinend, küssend, wie sie mir beibringt, sie langsam zu lieben, sie zu töten und wiederzubeleben und erneut auszulöschen.

Es waren die schönsten drei Monate meines Lebens, trotz der Kämpfe, der Heimlichkeit, des ständigen Versteckspiels, damit uns die Leute aus dem Städtchen nicht sahen. Ich wollte, dass wir überall zusammen hingingen, sie jedoch weigerte sich. Ich schlug ihr vor, nach Montecaín in ein Hotel zu gehen, damit wir zusammen sein konnten ohne diese Angst vor dem Gerede der Leute, die sie so sehr drückte und die ich ihrer klösterlichen und faschistischen Erziehung zuschrieb. Allein schon der Gedanke, in den

Zug zu steigen und die lächerlichen dreißig Kilometer zur abgerungenen Freiheit zurückzulegen, versetzte sie in Panik. Ich wollte, dass wir heirateten. Sie lachte mir ins Gesicht und sagte, dass das nicht infrage komme, niemals. »Niemals«, sagte sie immer wieder, bis ich aus ihrer Wohnung ging und vorsichtig die Tür hinter mir zuzog, denn ein Türknallen wäre, das wusste ich, das Ende unserer Liebe gewesen. Es waren die einzigen drei Monate, in denen ich wirklich gelebt habe, denn die ganze übrige Zeit davor und danach habe ich gedämpft, reduziert gelebt, als hätte man bei einem Film die Lautstärke so weit heruntergedreht, dass man nur noch Flüstern hörte, während die Farben sich so weit verflüchtigten, dass alles sepiabraun und schließlich schwarz-weiß war. Aber ich beklage mich nicht. Manch einer hat weniger gehabt, und ich hatte jene drei Monate und die letzten drei seit meiner Rückkehr nach Villasanta, seit dem kalten Morgen im *Negresco*, das in voller Pracht erstrahlte mit seinen neu gekauften Spiegeln und der Samtbespannung der Stühle und Bänke ohne einen Fleck.

Ich setzte mich an einen der hinteren Tische und wollte schon einen Kaffee und einen Krapfen bestellen, ich genoss die Ruhe und war erregt von dem Gedanken, eine Zeitung zu lesen, die zwei Jahre vor meiner Geburt erschienen war, als mir einfiel, dass ich gar kein Geld hatte, mit dem ich hier bezahlen könnte.

Das alles mochte gut und gerne ein Traum sein, aber wenn mit dem Geld etwas nicht stimmte, könnte dieser Traum so enden, dass ich zwei franquistischen Guardias Civiles meine Lage beichten müsste, und Traum hin oder her, dieser Gedanke erschreckte mich. Also stürzte ich aus dem Café, rannte zurück ins Hotel, das ein paar Straßen entfernt lag, zog die Schublade auf und griff mir den Fünfhundertpesetenschein.

Als ich damit zahlen wollte, immer noch erschrocken bei dem Gedanken, was alles passieren konnte, schlug ein blutjunger Fabián die Hände über dem Kopf zusammen und sagte mir, dass er einen so großen Schein nicht wechseln könne, ob ich nicht zur Bank gehen und anschließend bezahlen wolle. Da kam mir eine zündende Idee. Der Dollar sah noch immer so aus wie vor hundert Jahren, und wenn das wirklich das Spanien der Fünfzigerjahre war, würde wohl niemand einem Reisenden verwehren, ein paar Hundert Dollar zu wechseln.

Ich ging zur Bank, doch auch nachdem ich eine Weile diskutiert hatte, ob man nicht auch jemandem Geld wechseln könne, der keinen Ausweis bei sich habe, bat man mich tausendmal um Entschuldigung und forderte mich auf, mit einem Personalausweis oder gültigen Pass wiederzukommen. Ich wusste nicht, was ich tun sollte, also ging ich hinaus, setzte mich an der Plaza del Magnolio auf eine Bank und dachte nach. Als Erstes fiel mir ein, dass ich mich als mein Vater ausgeben könnte, aber mir wurde sofort bewusst, dass in einem Städtchen der Größe von Villasanta jeder meinen Vater kannte, ganz abgesehen von der Tatsache, dass mein Vater, falls wir wirklich im Jahr 1952 waren, siebenundzwanzig Jahre alt war, achtzehn Jahre jünger als ich. Dann kam ich auf meinen Großvater väterlicherseits, der kurz vor meiner Geburt gestorben war und jetzt um die siebzig sein müsste; ich ging die Namen aller meiner Onkel durch, bis ich mich an meinen Großonkel Pablo erinnerte, den Bruder meiner Großmutter Dora, der

1950 in Pamplona gestorben war. Meine Großmutter hatte mir als Kind immer wieder die alten Papiere gezeigt, die sie in einer Blechdose im Wohnzimmerschrank zusammen mit den alten Fotos und den Orden von Großvater Román aufbewahrte.

Ich konnte gleich zu ihrem Haus gehen, und wenn ich es irgendwie schaffte hineinzugelangen, könnte ich Onkel Pablos Ausweis nehmen. Er war kein Villasantiner, da meine Großmutter erst nach ihrer Hochzeit aus Rohíno hierhergezogen war, und damit hätte ich für den restlichen Tag ein plausibles Geburtsdatum und einen passenden Namen. Großmutter hatte sieben Geschwister, und es war unwahrscheinlich, dass jemand den genauen Überblick besaß, wie viele von ihnen noch lebten, schließlich befanden wir uns mitten in der Nachkriegszeit, und es wurden noch immer Menschen vermisst.

Mich beschlich eine sonderbare Unruhe, als ich Großmutters Haus betrat, an das ich mich kaum noch erinnerte, weil es im Monat meiner Erstkommunion abgerissen worden war, um an seiner Stelle ein mehrstöckiges Gebäude zu errichten; doch zusammen mit dieser Nervosität ergriff mich eine Art Euphorie, als wäre ich ein halbes Jahrhundert tot gewesen und ins Leben zurückgekehrt.

Die Tür stand hinter der heruntergelassenen Jalousie einen Spalt offen, was, wie ich wusste, normal war.

Großmutter war zum Markt oder Brot kaufen gegangen. Vorsichtshalber blieb ich im Türrahmen stehen und rief: »Heilige María, Mutter Gottes. Ist jemand zu Hause?« Ich erhielt keine Antwort, und nachdem ich ein paar Sekunden gewartet hatte, stieß ich die Tür auf und ging hinein.

Ich erinnerte mich genau an den Fliesenboden mit seinem geometrischen Muster, das mir immer noch hin und wieder in den Sinn kommt, dafür irrte ich mich, als ich links die Wohnzimmertür vermutete: Auf der linken Seite war das Schlafzimmer, das Wohnzimmer lag gegenüber, mit seinen beiden Ohrensesseln und dem riesigen Radioapparat, der wie ein Sultan auf seinem Thron den Raum beherrschte. Schon stand ich auf der anderen Seite des Zimmers vor dem kleinen Schrank mit den grünen Scheiben und zog die obere Schublade auf, in der die Schachtel mit den Fotos und den Ausweisen der toten oder verschollenen Familienmitglieder war. Mein Herz klopfte wie ein Presslufthammer, und während ich mich gerne in einen der Sessel gesetzt und mir in Ruhe die Fotografien angesehen hätte, wusste ich, dass jede Sekunde länger in diesem Haus ein zusätzliches Wagnis bedeutete. Also nahm ich einfach den Ausweis Onkel Pablos heraus, der, wenn meine Erinnerungen mich nicht trogen, auch noch bei den Franquisten gekämpft hatte, und stand einen

Augenblick später wieder hinter der Jalousie, einen Schritt von der Straße entfernt.

Da stieß ich mit einem Mädchen zusammen, das gerade zur Tür hereinkam und mir bekannt vorkam.

»Suchen Sie jemanden?«, fragte sie mit leichter Angst in der Stimme und sah sich um, als hielte sie nach Hilfe Ausschau.

»Don Javier Orellana, den Arzt«, stammelte ich.

»Ach so! Dann haben Sie sich einfach in der Tür geirrt. Er ist nebenan.«

»Verzeihen Sie, mein Fräulein«, sagte ich und führte die Hand an den Hut, wie ich es bei anderen beobachtet hatte.

Meine Mutter verschwand im Haus, und ich musste mich erst mal für ein paar Minuten an eine Wand lehnen, während mir Tränen in die Augen stiegen und es mir die Brust zuschnürte, dass mir der Atem wegblieb. Wenn das ein Traum war, dann war er verflucht exakt. Dieses Mädchen war meine Mutter vor siebenundvierzig Jahren. Meine Mutter mit zweiundzwanzig, jung, frisch, so hübsch wie auf den alten Fotos, nur in Farbe und in Bewegung, mit einer glockenreinen Stimme, die nun Erinnerungen aus meiner frühen Kindheit an mich herantrug, an die Wiegenlieder, die sie mir vor dem Einschlafen sang. Ich wischte mir mit dem Taschentuch über die Augen, über die Stirn, die trotz der Morgenkühle schweißbedeckt war, und überlegte kurz, ob ich nicht unter irgendeinem Vorwand an der Tür klopfen und noch einmal mit ihr reden sollte, um mich an ihrer Gegenwart, an ihrem Lächeln zu laben, um ihr vielleicht die Hand zu geben. Aber ich wusste, dass das verrückt war. In diesem Traum, oder was immer es war, war ich ein ganz und gar Unbekannter, gut zwanzig Jahre älter als sie. Ich würde mich doch nur die ganze Zeit danach sehnen, sie zu umarmen, ihr zu erzählen, was mit mir geschehen war, was mit uns geschehen war, und sie würde sich nur erschrocken umsehen und mich für einen Verrückten halten, der aus dem Irrenhaus entkommen war. Es ging nicht. Meine Mutter war vor Jahren in Oneira im Krankenhaus gestorben, aufgezehrt vom Krebs, eine Hand hatte mein Vater gehalten, und die andere ich. Das war ihr Ende gewesen, und was sich mir hier darbot, war eine Sinnestäuschung, die aus meinem Verlangen, meiner Sehnsucht, meinem dringenden Bedürfnis gespeist war, sie noch einmal zu sehen, nur ein einziges Mal, bevor ich für immer aus Spanien fortgehen würde. Ich durfte mir nichts vormachen.

Ich atmete ein paarmal tief durch und versuchte, die Fassung wiederzugewinnen. Sie hatte mich nicht erkannt. Meine eigene Mutter hatte mit mir ein paar Sätze gewechselt, ohne zu wissen, wer ich war, ohne dass ihr Herz ihr gesagt hätte, wer dieser Fremde war.

Ich bekam einen hysterischen Lachanfall, und aus Angst vor den Reaktionen der Leute schützte ich im Wartezimmer von Don Javier, unter den mitleidigen Blicken eines halben Dutzends Villasantiner, einen Hustenanfall vor. Natürlich hatte sie mich nicht wiedererkannt: Sie war ein unverheiratetes Mädchen, und ich ein wildfremder Mann von fünfundvierzig Jahren.

»Haben Sie einen Termin?«, fragte mich Carita mit ihrer Piepsstimme, die seit Menschengedenken Don Javiers Sprechstundenhilfe war und mich bei einem halben Dutzend Impfungen mit ihrer Bärenkraft festgehalten hatte.

»Nein. Es ist nichts Schlimmes. Ich komme später noch mal.«

»Heute Nachmittag macht Don Javier Hausbesuche in der Umgebung.«

»Dann komme ich morgen wieder.«

Ich warf einen letzten Blick in den schwarz und blau gefliesten Flur mit seinen gedrechselten Holzbänken und trat wieder hinaus auf die Straße. Der Müllmann mit seinem übel riechenden Karren, den ein abgemagertes Maultier zog, machte seine morgendliche Runde. Ich ging in die Bank, wechselte ein paar Hundert Dollar, ging ins Hotel zurück, das noch immer menschenleer war, legte den Fünfhunderter zurück in die Schublade und machte mich auf zu meinem Spaziergang durch das Städtchen. Der Nebel hatte sich aufgelöst, die Gehwege waren frisch gefegt, und in den Straßen etwas weiter außerhalb, die nicht mehr asphaltiert waren, hatten die Frauen mit ihren Besen ein Palmenblattmuster auf dem Boden hinterlassen. Gegenüber meiner Schule, oder vielmehr, gegenüber dem Gebäude, das einmal meine Schule sein sollte, hörte die Stadt auch schon auf: das freie Gelände, das in meiner Erinnerung hinten an siebenstöckige Häuser grenzte, öffnete sich nun zu den Wiesen hin, die sich grün und ruhig, mit Kühen hier und dort, bis an den Fuß der Berge erstreckten. Ich konnte mich nicht zurückhalten, einen Blick durch das Fenster im Erdgeschoss zu werfen, wo meine erste Klasse gewesen war: Mehr als dreißig Schüler aller Altersgruppen in weißen Kitteln quetschten sich in die vorsintflutlichen Bänke und sagten laut das Sechser-Einmaleins auf. An der vorderen Wand ein riesiges Kruzifix, ein Foto des jungen und martialischen Franco und eine kolorierte Spanienkarte. Als ich bemerkte, dass ein paar Kinder mein stilles Spionieren entdeckt hatten, führte ich die Hand an die Hutkrempe, um den strengen Blick der Lehrerin zu erwidern, für mich eine Unbekannte, und ging zu der Gaststätte, um mir eine Dampfnudel zu kaufen.

Während ich auf meinem Spaziergang vergnügt Orte, Einzelheiten, Farben wiedererkannte, die ich schon für immer im Sumpf des Gedächtnisses verloren geglaubt hatte, drehte sich ein Teil meiner Gedanken wie ein Raubvogel, der Kreise über seiner Beute zieht, immer wieder um Celia. Ich war mir nicht sicher, ob ich in jenem Traum genug Freiheit hatte, um über meine Wege selbst entscheiden zu können, aber wenn, wenn das so wäre ... würde ich sie suchen gehen? Wollte ich Celia begegnen, einer Celia, die gerade dem Jungmädchenalter entwachsen war, einer Celia, die ich vielleicht überhaupt nicht erkannte?

Ich beschloss, die Entscheidung erst einmal aufzuschieben, obwohl ich wusste, dass ich es tun würde, dass ich es nicht würde sein lassen können, dass ich sie sehen musste, und sei es nur von Weitem, mit meinen eigenen Augen, wie sie gewesen ist, wie sie jetzt, am Anfang ihres Lebens, war: ein heiratsfähiges Mädchen ohne Vergangenheit und mit der ganzen Zukunft vor sich.

Auf der Plaza de Bustamante, jetzt Corazón de Jesus, vermutlich nach einem Beschluss der neuen franquistischen Gemeindeverwaltung, gab es noch keine Tauben, aber in der Mitte stand noch immer der Musikpavillon mit der kleinen Bar im Souterrain, an die ich mich erinnerte, unverändert der Geruch nach Wein und der Sack mit Erdnüssen. Ich setzte mich auf einen Barhocker, bestellte einen Wermut mit Picón, wie es mein Großvater mit ausnehmender Eleganz zu tun pflegte, und dachte darüber nach, wie es in den nächsten Stunden weitergehen sollte. Wenn ich das Flugzeug nehmen wollte, das mich nach London und von dort aus nach New York bringen würde, müsste ich am nächsten Tag frühmorgens am Flughafen sein. Wenn ich beschloss, mich der wunderbaren Absurdität der Situation zu überlassen, könnte ich das Ticket verfallen lassen und ein paar Tage im Villasanta der Fünfzigerjahre bleiben. Schließlich konnte nicht viel passieren, außer dass Madeleine einen ihrer berühmten hysterischen Anfälle bekam und mein Schmuck erst ein paar Wochen später im Beisein seines Schöpfers ausgestellt wurde. Was machte das aus? Wer hat schon die Möglichkeit, die Welt vor seiner Geburt zu sehen?

Ich kam auf den Gedanken, dass dieser vermeintliche Traum auch eine Halluzination sein könnte, wie sie Leute haben sollen, die lange im Koma liegen und zwischen Leben und Tod schweben, dass das alles nur ein Film in meinem Kopf war, der mir meine letzten Momente auf Erden versüßte, während mein Körper in irgendeinem Unfallkrankenhaus dahinsiechte, das die Opfer des entgleisten Intercity der Strecke Madrid–Oneira aufgenommen hatte. Aber sonderbarerweise kam ich bei diesem Gedanken weder ins Frösteln noch ins Schwitzen. Es war nichts weiter als ein Gedanke, während die Wirklichkeit, die mich umgab, greifbar und voller sinnlicher Erfahrungen war, mochten die Männer, die neben mir in der Pavillon-Bar vor ihren Gläsern saßen, auch nur Gespenster sein und Großvaters berühmter Wermut Picón nichts weiter als eine Erinnerung, die ich aus den dunklen Tiefen meines Gedächtnisses hervorgeholt hatte.

Eigentlich müsste ich jetzt ins Hotel zurück, um die Karte auf den Namen meines Onkels auszufüllen, und wenn ich vorhatte, eine Weile zu bleiben, müsste ich zusehen, dass ich mir Kleider kaufte, um als normaler Mensch in Villasanta herumlaufen zu können. Ich erinnerte mich nicht, ob man in den Fünfzigerjahren Kleider in einem Geschäft kaufen konnte oder ob man noch zu einem Schneider gehen und Maßkleidung in Auftrag geben musste, aber das wollte ich am Nachmittag herausfinden. Mit dem Geld, das ich auf der Bank gewechselt hatte, war Pablo Otero ein wohlhabender Mann und konnte sich erlauben, ein paar Tage als ein solcher zu leben.

Dann fielen mir diese Ohrringe ein. Wenn mich meine Erinnerung nicht trog, befand sich Marianos Juweliergeschäft in der Gasse hinter der Kirche Santa María, der noch am ehesten gut sortierte Juwelier, den man in der Gegend finden konnte. Ich beschloss, am Nachmittag vorbeizugehen und Ohrringe für Celia auszusuchen, die ich ihr vielleicht mit der Post schicken würde, anonym, als erste von allen Überraschungen, die ihr das Leben bringen würde.

Mariano war ganz so wie in meiner Erinnerung, aber was man an einem alten Mann als normal betrachtet, Brille, Glatze, schlaffe Wangen über einem schiefen Gebiss, wirkte an einem jungen Mann unangenehm, als trüge er eine Gummimaske, die sich dehnte und wieder zusammenzog bei jedem Lächeln zu dem reichen Fremden, der seine schönsten Stücke zu schätzen wusste.

»Das ist das Edelste, was ich habe«, sagte er und legte vor mir in Gold gefasste Perlenohrringe hin.

»Hätten Sie nicht etwas Ähnliches, nur so« – ich machte eine rasche Skizze – »eine Brisur mit einer kleinen, herabhängenden Perle?«

Er sah mich misstrauisch an.

»Ich bin auch Juwelier«, ich weiß nicht, warum, aber etwas in mir sträubte sich, Mariano zu sagen, dass ich Goldschmied war.

»Hier trägt man sie kurz. Die Mode kommt hier immer etwas später. Ich nehme an, solche Ohrringe, wie Sie sie beschreiben, trägt man in Madrid.«

»Das weiß ich gar nicht. Ich lebe in New York«, es schien mir wichtig, das im Städtchen zu erzählen, damit niemand anfinge, sich zu fragen, woher meine Dollars stammten.

»Also, bis die Mode von dort hierherkommt, das kann schon fünf oder sechs Jahre dauern ... Bis sie in irgendeinem Film zu sehen ist.«

»Würden Sie mir Ihre Werkstatt zur Verfügung stellen? Natürlich zahle ich Ihnen etwas dafür, dass ich Ihnen zur Last falle, und für das Material.«

Ich wusste, dass Celia Perlen liebte, und in der Schublade ihres Nachttischchens bewahrte sie Ohrringe auf, die sie mir nie zeigen wollte und die ich in meiner jugendlichen Eifersucht ohne irgendeinen stichhaltigen Grund mit dem Mann verband, den sie als junge Frau geliebt hatte. Ihr ein Schmuckstück von mir zu schenken schien mir auf einmal der einzige verborgene Sinn dieser Verrücktheit, in die ich hineingeraten war.

UM ACHT UHR ABENDS ging ich mit dem kleinen Päckchen in der Tasche wieder ins *Negresco*, um einen Aperitif zu nehmen, bevor ich im Kasino zu Abend essen würde, was mir am angemessensten schien für einen in Villasanta neu angekommenen Fremden. Es gab viele freie Tische, und ich wählte rein aus Trägheit einen der hinteren. Ich hängte meinen Mantel an den Garderobenhaken, der wie in einem Wiener Caféhaus hinter meinem Kopf montiert war, und entschied mich, einen Landwein zu trinken, während ich den Leuten zusah, die auf dem schmalen Gehsteig vorbeigingen oder vor dem Abendessen zu Hause noch auf ein Glas Rotwein hereinkamen. Eine Gruppe Jugendlicher, die gerade das Lokal betrat, erregte meine Aufmerksamkeit, sie schüttelten wie Hunde das Wasser von sich ab, denn es hatte wieder angefangen zu regnen, sanft und warm, fast diskret, wie der Herbstregen in Umbría ist. Sie waren zu fünft. Ungefähr Mitte zwanzig, nach ihrer Kleidung zu urteilen Arbeiter oder einfache Angestellte. Sie gaben sich Knuffe mit den Ellenbogen und klatschten und lachten über Witze, die nicht bis in meine Ecke drangen, und wie sie so dastanden, erinnerten sie mich an mich selbst mit meinen Schulkameraden. In dem Alter lachte ich nicht mehr wie sie und zog auch nicht mehr im Rudel durch die Lokale.

Sie kamen mir bekannt vor, und für einen Augenblick dachte ich, sie seien vielleicht die Väter dieser Schulkameraden, an die ich gerade gedacht hatte, noch Junggesellen, noch am Anfang ihres Lebens, und bei dem Gedanken fühlte ich mich auf einmal alt, unzugehörig und allein. So allein wie noch nie, trotz der langen Zeit, die ich daran gewöhnt war.

Ich hatte gerade beschlossen, dass es das Beste sein würde, zu zahlen und wegzugehen, als die Tür aufging und eine Gruppe Mädchen hereinkam, wie ich aus den Stimmen schloss, denn ihre Gestalten waren noch wie hinter einem Schutzschild hinter den Männern versteckt, da wandte sich die ganze Gruppe in meine Richtung und kam auf den Tisch zu, an dem ich saß. Am Arm einer Freundin, das Haar zu einem unglaublichen Dutt toupiert, in einem figurbetonten Kleid mit ausgestelltem Rock, Celia, eine blutjunge Celia, frei von Mysterien oder Geheimnissen, die mich neugierig ansah.

Ich war wie gelähmt. Celia sah mich an, die anderen sahen mich an, und ich erwiderte ihre Blicke, erschlagen von der Bedeutungsschwere dessen, was ich gerade erlebte, während es für sie nur darum ging, dass sich ein Fremder ausgerechnet an ihren Tisch gesetzt hatte.

»Würde es Ihnen etwas ausmachen, sich an einen anderen Tisch zu setzen?«, fragte mich ein junger Mann mit rotblonden Haaren und kleinen blauen Augen, die etwas von Schweinsäuglein hatten. »Wir sitzen nämlich immer hier, wissen Sie? Um niemanden zu stören. So viele, wie wir sind …«

Das Déjà-vu war so stark, dass sich alles um mich herum zu drehen begann und ich das Gefühl hatte, von dem Strudel verschlungen zu werden. Celia sah mich an, kokett, ohne mich zu erkennen. Wie sollte sie auch?

»Das ist Ihr Überzieher, stimmt's? Lassen Sie nur, ich hänge ihn schon um.«

Der Bursche zog an meinem blauen Mantel, sodass am Kragen die Naht ein Stückchen aufriss und die Mädchen erschrocken aufkreischten.

»Oh! Verzeihen Sie. Sie müssen wissen, ich habe einfach noch nie einen Überzieher mit so einer Schlaufe für den Garderobenhaken gesehen.«

»Er ist auch aus Amerika«, log ich, als ich die Sprache wiedergefunden hatte.

»Ah! Ich verstehe.«

Celia machte sich vom Arm ihrer Freundin los und trat vor.

»Gib her, du Grobian, gib schon. Ich richte es, das würde ja gerade noch fehlen.«

»Machen Sie sich keine Umstände, mein Fräulein, das macht doch nichts.« Die Worte kamen, ohne dass ich sie mir überlegte.

»Aber, mein Herr, es macht mir wirklich nichts aus. Ich bin doch Schneiderin ... Na ja, fast«, sagte sie noch in das Lachen ihrer Freunde hinein. »Wohnen Sie im *Sandalio*?«

»Natürlich«, fuhr eines der Mädchen dazwischen. »In der Gaststätte bei Damián und Florinda bestimmt nicht.«

»Morgen bringe ich Ihnen den Mantel zurück, er wird wie neu sein. Los, du ungehobelter Klotz«, wandte sie sich an den, der den Mantel heruntergerissen hatte und anscheinend ihr Verlobter war, »belästigen wir den Herrn nicht weiter. Wie gesagt. Morgen haben Sie ihn zurück. Und du zahlst dem Herrn den Wein, Onofre.«

»Der Wein geht auf Kosten des Hauses«, griff Fabián schlichtend ein.

Ich erhob mich, um zu gehen, und spürte die ganze Zeit Celias Blick im Nacken, während ich mit der linken Hand die Innentasche meines Sakkos befühlte, in der sich das Schächtelchen mit den Ohrringen befand. Bevor ich auf die Straße hinaustrat, hörte ich Onofres Stimme: »Was ist das eigentlich für ein Schnösel?«, überlagert von einer anderen, weiblichen Stimme, die fragte: »Sag mal, Antonio, geht es Margarita nicht gut? Sie war heute nicht im Atelier.«

In diesem Augenblick wurde mir bewusst, dass einer dieser Jungen mein Vater war, aber ich bekam ihn nicht mehr zu sehen, weil die Tür bereits hinter mir zugefallen war.

Ein ganzer Tag ist vergangen. Ich war in dem Atelier, das Madeleine für mich ausfindig gemacht hat, ich habe mit ihr und ihren beiden Geschäftspartnerinnen in einem dieser Lokale der Schönen und Reichen gegessen, wo die Frauen alle wie Moderatorinnen von CNN aussehen und die Männer alle Armani-Anzüge tragen. Während ich durch die weihnachtlich geschmückten Straßen der Innenstadt ging mit der Aussicht, Silvester allein in meiner leeren Wohnung zu verbringen, habe ich versucht, das Gefühl der Unwirklichkeit abzuschütteln, das mich seit einer Woche beherrscht. Vergeblich. Den ganzen Tag lang bewege ich mich zwischen Gespenstern: Menschen, die noch nicht geboren sind, zukünftige Verstorbene, Wesen, die in eine winzige Zeitblase gequetscht sind – im glücklichen Fall neunzig Jahre –, welche jeden Moment platzen kann, und zurück bleibt nichts weiter als ein Spritzer. Ich habe versucht, mir ein Herz zu fassen und diese Seiten, die niemanden interessieren, zu verbrennen, um mir nicht diese Geschichte fertig erzählen zu müssen, deren Ende ich schon kenne, und um nicht noch einmal alle diese quälenden Szenen durchleben zu müssen. Aber was würde es nützen, wenn sie doch immer da sind, sich hinter meinen Lidern bereithalten, um bei der kleinsten Gelegenheit zur Stelle zu sein?

Vor dem Nachhausegehen bin ich auf die Dachterrasse des Empire State hochgefahren und habe eine halbe Stunde lang die Lichter der Stadt betrachtet, die in der kalten Nacht wie auf die Erde gefallene Sterne funkelten, ich habe an Celia gedacht, an die junge Celia, die fast noch ein Mädchen war und in der kleinen Hotelhalle des *Sandalio* meine Worte begierig aufsog, als ich ihr New York beschrieb, eine für mich fast unbekannte Stadt, und sie mir sagte, dass sie einmal im Leben auf der Dachterrasse des höchsten Wolkenkratzers der Welt stehen wolle, wie sie es in einem Film gesehen habe, und dort oben, die Welt zu Füßen, solle ihr Liebster sie küssen.

Die andere Celia, die gereifte Celia meiner früheren Erinnerung, kannte New York bereits, sie war, ein Jahr bevor wir uns kennenlernten, dort gewesen. Das erzählte sie mir eines Tages im Bett, die Arme um mich geschlungen und den Kopf in der Grube meines Arms, als würde sie mir etwas Peinliches beichten: Sie war allein auf das Empire State gefahren, weil ihre Freundin nicht schwindelfrei war, und oben hatte sie wie in jenem Film darauf gewartet, dass ein Wunder geschehe, dass er aus dem Nichts auftauchen und sie plötzlich von hinten umarmen, ihr die Augen zuhalten und sie mit einem Kuss ins Leben zurückführen würde. Es war das einzige Mal, dass sie mir von diesem Mann erzählte. »Aber es geschah nichts«, sagte sie zu mir. »Es war Weihnachten, es war sehr kalt, alle Leute waren bei ihren Familien oder Liebsten. Und ich war allein. Angelines wartete unten in der Cafeteria auf mich, halb tot vor Angst, weil ich sie eine halbe Stunde in New York sich selbst überlassen hatte, aber Angelines zählte nicht. Hinterher dachte ich, dass es idiotisch war zu warten, wie im Film, absurd. Er müsste über sechzig sein, wenn er noch lebte. Damals wurde mir klar, dass ich ihn nie wiedersehen würde. Mir wurde klar, dass mir nichts anderes übrig blieb, als alt zu werden, dass alle Hoffnung geschwunden war. Und dann habe ich dich getroffen.«

Ich weiß noch, wie ich damals innerlich raste, wie ohnmächtig ich mich fühlte und dass ich ihr am liebsten gesagt hätte: »Ich reise mit dir nach New York, und wir lieben uns auf der Dachterrasse des Empire State, in der Nacht, zwischen Touristengruppen, und alle Lichter funkeln für uns.« Ich habe lange gebraucht, bis ich ihr das sagen konnte, erst als sie mich fortschickte, und sie warf den Kopf nach hinten, lachte, dass ihr die Tränen kamen, und strich mir wie einem verlorenen Hündchen über die Haare. Wir sprachen nie wieder über New York. Und trotzdem war ich vor nicht einmal zwei Stunden dort, habe wie ein Idiot auf sie gewartet, habe Ausschau gehalten nach einer einsamen Frau in langem Rock und mit Perlenohrringen, wie sie an Weihnachten 73 ausgesehen hatte, um sie von hinten zu umarmen und diesem dauernden Sichverfehlen ein für alle Mal ein Ende zu setzen. Aber New York ist nicht Umbría. Hier fliegt die Zeit wie ein Pfeil geradeaus, immer voran; sie hält sich nicht auf in Kapriolen und Schlenkern und Purzelbäumen. Ein Rückwärts ist hier nicht möglich.

Vor mir auf dem Tisch liegen fünfundzwanzig erlesene Stücke: die Kollektion »Celia Sanjuán«, die am ersten Januar in der kleinen Galerie in der Fifth Avenue vorgeführt werden soll. Ich habe die Kollektion nach ihr benannt, weil es jetzt keine Rolle mehr spielt. Gelbe Topase wie ihre Augen, blaue, in Platin gefasste Topase, Süßwasserperlen zwischen Goldschnörkeln, Silber mit Perlmutt, Onyx mit Weißgold, alle Gesichter Celias, ihr ganzes Strahlen, ihr Mysterium, ihre Intensität, eingefangen in kleinen, funkelnden Juwelen für eine Zukunft, die nicht mehr mir gehören wird. Mir gehört nur die Vergangenheit.

An Allerheiligen verlobten wir uns. Die Ohrringe hatte ich ihr an einem Oktoberabend an ihrer Haustür geschenkt, nachdem sie mir erzählt hatte, dass sie mit diesem Bräutigam, der ihr verbieten wollte zu arbeiten, Schluss gemacht habe, dass sie ihr Leben selbst bestimmen wolle. Wir waren alle zusammen im Kino gewesen, fünf Pärchen, Onofre war schon nicht mehr dabei gewesen: meine Eltern – meine zukünftigen Eltern – und ihre besten Freunde. Es lief *Vom Winde verweht*, diese schreckliche Geschichte voller Verfehlungen und Missverständnisse, in der die Liebe verliert und der Zorn siegt. Celia sagte mir, sie verstehe Scarlet. Das ist mir nie gelungen. Aber in diesem Augenblick verstand ich ihre Tränen aus dem Jahr 1974, als ihr eigenes Leben sinnlos geworden war, einer Unabhängigkeit verschrieben, die ihr von außen aufgezwungen worden war. Wie hätte ich damals, ein neunzehnjähriger Junge im Bann ihrer geheimnisvollen Ausstrahlung, begreifen sollen, was in ihr vorging?

Jetzt weiß ich, dass es nicht gegangen wäre. Ich konnte nicht mein eigener Nebenbuhler werden, genauso wie die junge Celia nicht mit der reifen Celia in Konkurrenz treten konnte. In den Straßen im Villasanta der Fünfzigerjahre war Celia eines der hübschesten Mädchen, und manchmal, wenn ich sie vor der Tür ihres Hauses abholte, stockte mir bei ihrem Anblick der Atem, angesichts ihrer strahlenden Jugend versank ich in Scham über mich selbst, über meinen schon dem Verfall preisgegebenen Körper, über meine grauen Haare, die Falten in meinem Gesicht, und ich konnte kaum glauben, dass sie mich liebte, mich begehrte. Dennoch war ihre jugendliche Schönheit nicht mehr als ein Vorgeschmack, als ein bloßer Entwurf der Frau, die ich fünfundzwanzig Jahre später kennengelernt hatte, und egal, wie glatt und straff ihr Körper sein mochte, wie fest ihre Brüste waren, jedes Mal, wenn ich sie umarmte, jedes Mal, wenn ich in unserem Versteck, einem verlassenen Hof der Umgebung, in sie eindrang, war es die andere Celia, die ich unaufhörlich liebte, die mich Jahre zuvor in einem Eisenbett die Liebe gelehrt hatte, diese gezeichnete, gealterte und mysteriöse Frau, die mich auf immer in Besitz genommen hatte.

Und dennoch war ich zu dem Schritt bereit. Vor zwei Wochen noch liefen die Vorbereitungen für unsere Hochzeit auf Hochtouren. Meine Eltern hatten

Anfang November in der Kirche Santa María la Blanca geheiratet, und im Vorraum der Sakristei war unser Aufgebot angeschlagen. Der Pfarrer hatte unsere Papiere, um uns das Familienbuch auszuhändigen. Beide hatten wir neue Pässe beantragt, meinen auf den Namen Pablo Otero, und diese dank der ausnehmend guten Beziehungen, die eine Tante Celias zur örtlichen Polizei unterhielt, unerhört schnell bekommen. Die Mädchen hatten Tag und Nacht gearbeitet, um Celias Aussteuer rechtzeitig zur Hochzeit fertig zu bekommen, auch wenn ihre Mutter es rundweg ablehnte, dass Celia einen Mann heiratete, der aus dem Nichts kam, der teure Geschenke machte und von sich sagte, dass er im Ausland lebe.

Möglich, dass die Hochzeit meiner Eltern der Moment war, an dem ich aufhörte, zu glauben, dass das Ganze ein Traum oder Einbildung war. Alle meine Verwandten, an die ich mich zum Teil überhaupt nicht mehr erinnerte, waren da, fröhliche, junge Leute in Sonntagskleidern, von denen so viele schon gestorben sind. Das Bankett – heiße Schokolade, Gebäck, Hochzeitstorte – fand in einem Festsaal statt, und hinterher wurden Paso doble, Walzer und Jota getanzt, während ich dieser Prozession von Gespenstern aus früheren Zeiten zusah und mir am liebsten die Seele aus dem Hals geschrien hätte, meinen Eltern gesagt hätte, dass sie zwei Kinder bekommen und einige Jahre sehr glücklich sein würden. Doch dann würden sie in Verzweiflung stürzen, weil sie Carmina verlören und in Paris ihren Sarg abholen müssten, bevor sie wenig später mich verlören, im Treibsand meiner Liebe zu Celia, im Hinterraum von Onkel Eloys Werkstatt, wo ich zum Einzelgänger, zu einem seelischen Krüppel werden würde. Ich wollte ihnen sagen, dass Großmutter Dora senil werden und eingeschlossen in ihrem Zimmer enden würde, wo sie jahrelang vor sich hin delirieren und Vergangenheit und Gegenwart durcheinanderbringen würde, Tote und Lebende in einer teuflischen Sarabande, die meine Mutter um den letzten Nerv bringen würde. Aber wie sollte ich ihnen das sagen? Und vor allem, wozu? Wenn ich Ende des Monats Celia heiratete – ich hatte das von der Pfarrei vorgeschlagene Datum strikt abgelehnt: den ersten Sonntag im Dezember –, könnte sich alles ändern. Die Zeit würde wie eine Wetterfahne, die von einem Windstoß erfasst wird, ihren Kurs ändern, und wir alle bekämen eine neue Chance, die Möglichkeit, einen neuen Weg zu gehen.

»Ich liebe Hochzeiten«, sagte mir Celia, als ich sie an diesem Abend nach Hause begleitete. »Ich hasse Hochzeiten«, sagte sie mir vor fünfundzwanzig Jahren, als ich sie zur Hochzeit eines Schulfreundes mitnehmen wollte, der schnell heiratete, bevor man seiner Braut die Schwangerschaft ansehen würde.

Aber vor zwei Wochen waren wir drauf und dran zu heiraten. Im Villasanta von 1952 herrschte eine drückende Atmosphäre: Die Jalousien hatten Augen, überall auf den verglasten Balkonen saßen stickende und grundanständige Frauen, die sich als Hüterinnen der öffentlichen Moral aufspielten. Bis wir den verlassenen Hof fanden, liebten wir uns auf den umliegenden Wiesen, auf einem vom Raureif harten Boden, unter den kahlen Bäumen des beginnenden Winters, und immer in der Furcht, die beiden Guardias Civiles könnten kommen, und mit ihnen der Skandal. Im Jahr 1952 lebte Celias Mutter noch, sodass wir nicht zu ihr nach Hause gehen konnten, außer am Sonntag auf eine Tasse Schokolade, die wir auf dem kleinen, verglasten Balkon einnahmen, von wo aus ich einmal das Eisenbett erspähen konnte, in dem ich vor fünfundzwanzig Jahren meine Unerfahrenheit einer dürstenden, aus ihrem strengen Schneiderkostüm geschlüpften Celia dargeboten hatte. »Das ist Mamas Schlafzimmer«, flüsterte sie mir zu, als sie meinen Blick auffing. Wie sollte ich ihr sagen, dass ich dieses Bett kannte, das Knarzen der Sprungfedern, das metallische Klappern des Kopfendes gegen die Wand, das Nachttischchen, in dem sie ihre Andenken aufbewahrte? Wie sollte ich das diesem jungen Mädchen mit den sauberen Augen sagen, das auf alles, was ich ihm erzählte, mit einem vertrauensseligen und einnehmenden Lächeln antwortete, diesem kleinen Mädchen mit dem glatten und wohlriechenden Körper, das den Verlust und das Verlangen noch nicht kennengelernt hatte?

Der anderen Celia hätte ich es sagen können, auch wenn sie mir nicht geglaubt hätte. Durch den Schmerz gelangen einige Menschen zu einer Weisheit, die sich Unschuldigen nicht eröffnet. Dieser Celia hätte ich es sagen können. Aber der, der diese andere Celia kannte, war ein schüchterner Junge, der noch nichts von enttäuschter Liebe wusste, ein Junge ohne Narben, der sich an Celias Feuer verbrannte, der ihren Durst für einige Momente linderte und sie nur noch gieriger, unersättlich machte.

Fünf Tage waren es noch bis zur Hochzeit. Antonio, der zwei Jahre später mein Vater werden sollte, begleitete mich zu der Schneiderei, um den Anzug abzuholen, der schwarz war, als würde ich mich für eine Beerdigung kleiden. Der goldene Trauring glänzte an seinem Finger, er musste sich für ihn noch fremd anfühlen, denn er drehte ihn unentwegt mit dem Daumen. Anschließend gingen wir in den Pavillon auf einen Wermut.

»Weißt du was?«, sagte er zu mir. »Am Anfang hatte ich Angst, dass du mir Margarita wegnehmen willst. Du hast sie dauernd angesehen …«

»Du hast eben eine sehr hübsche Frau, mein Guter.« Er hörte gerne, dass Margarita jetzt seine Frau war. »Aber ich wusste vom ersten Augenblick an, dass Celia meine Bestimmung ist.«

»Ihr passt gut zusammen. Ich glaube, mit jungen Männern kann sie nichts anfangen. Schließlich hat sie keinen Vater …«, er brach ab, als ihm bewusst wurde, dass er mich indirekt gerade als alten Mann bezeichnet und auch noch in den Raum gestellt hatte, dass ich für sie eine Art Vaterersatz war. Ich musste lachen.

»Du hast doch nichts Mieses vor, oder? Ich weiß ja nicht, was ihr alles schon gemacht habt, das geht mich auch nichts an, aber Celia ist ein nettes Mädchen, und ich möchte auf keinen Fall …«, er führte den Satz nicht zu Ende.

»Keine Sorge, mein Lieber. Wenn alles nach meinen Vorstellungen läuft, sind wir nächsten Monat in New York als Mann und Frau.« Ausdrücke, die mir in meiner eigenen Zeit peinlich gewesen wären, gingen mir allmählich ganz selbstverständlich über die Lippen.

»Sobald wir genug gespart haben, kommen wir euch besuchen.«

Nie sollten sie Umbría verlassen, außer um in Paris Carminas Leichnam abzuholen. Das wusste ich, und der letzte Schluck Wermut schmeckte bitter.

Am nächsten Tag musste ich nach Montecaín fahren, um die Schiffskarten abzuholen, die ein Freund Antonios uns besorgt hatte. In den Nachkriegsjahren war Reisen keine einfache Sache, aber mit etwas Geduld und den richtigen Freunden war schon etwas zu machen. Celia war ganz aus dem Häuschen bei der Vorstellung, dass uns ein Überseedampfer nach New York bringen und wir dort ein Flugzeug nehmen würden, um ein paar Tage an den Niagarafällen zu verbringen. Sie wollte nach Montecaín mitkommen, um mit mir die Schiffskarten abzuholen, und ohne es auszusprechen, wussten wir, dass wir die drei Stunden bis zum nächsten Zug ausnutzen würden, um in dem einfachen Hotel, von dem ich gehört hatte, abzusteigen. Aber wir durften nicht zusammen auf der Fahrt nach Montecaín gesehen werden und riskieren, wenige Tage vor unserer Hochzeit zum Gerede der Leute zu werden, also beschlossen wir, dass sie mit Margarita vorfahren sollte unter dem Vorwand, irgendetwas sei mit ihrer Aussteuer, und dass ich später hinzukäme, während meine Mutter eine Runde durch die Geschäfte drehte. Sie sollten den morgendlichen Postzug nehmen, und ich würde mit dem Bus nachkommen.

Ich war überrascht, dass bei diesem Regen so viele Leute an der Haltestelle warteten, beladen mit Körben und Paketen, die mit Schnüren verzurrt waren. Ich hatte ein Köfferchen dabei, darin versteckt die Lacktasche aus Kunststoff, die ich Celia schenken wollte, das Geld und die Papiere aus meiner Zeit. Zurück in meinem Zimmer im *Sandalio* blieb der Hochzeitsanzug, der Jahre später im Schrank in Celias Zimmer hängen sollte, wo ich ihn vor langer Zeit sah, und über den sie mir sagte, er sei der Hochzeitsanzug ihres Vaters.

Ich fand einen Sitzplatz, obwohl der Bus gesteckt voll mit Soldaten und Landarbeitern war; ich setzte mich, nachdem ich mehreren Mütterchen mit Kopftuch und Wolltuch über den Schultern den Platz angeboten hatte, die mich ungläubig ansahen und unbedingt stehen bleiben wollten: »Wir steigen doch gleich dort vorne aus.« Ich lehnte den Kopf gegen das Fenster und schlief unbemerkt ein. Lautes Lachen und Musik holten mich zurück in die Wirklichkeit.

Ich musste einige Male blinzeln, bis ich die Gewissheit erlangt hatte, dass ich wach war. Der Videofilm lief in voller Lautstärke. Die anderen Reisenden, fast alles Studenten und gut gekleidete Frauen, machten sich bereit, um in der wichtigsten Universitäts- und Industriestadt Umbrías auszusteigen. Die Zeitung, die jemand auf dem Sitz neben mir liegen gelassen hatte, gab mir zu verstehen, dass heute der 20. Dezember 1999 war.

BENOMMEN STIEG ICH AUS, und trotz meiner weichen Knie und der Übelkeit kämpfte ich mich durch den tosenden Verkehr auf der Avenida de la Constitución und ging geradewegs zu dem Café, wo wir verabredet waren, und ich wusste, dass sie da sein würde, mit Margarita, und bei einer heißen Schokolade auf mich warten würde. Allerdings siebenundvierzig Jahre zuvor, in einer Zeit also, die jetzt für mich genauso unerreichbar war wie der Planet Mars.

Das Café gab es noch, aber es war vor Kurzem umgebaut worden und erstrahlte nun ganz in Metall und Glas. Die Auswahl reichte von Irish Coffee über Nepaltees bis hin zu Cappuccino. An einem Tisch saßen zwei Mädchen, die mich anstarrten, als sähen sie ein Gespenst. Eine von ihnen war dunkelhaarig, trug eine kleine Perle am Nasenflügel und hatte ein Tattoo an der Schulter, das sie trotz der Kälte nicht bedeckt hatte, es war ein keltisches Symbol, das Rad der ewigen Wiederkehr.

Ich rannte zum Bahnhof, nahm den nächsten Zug

nach Villasanta, einen fast leeren Nahverkehrszug, und versuchte zu schlafen, um das Wunder zu erzwingen. Ich konnte immer noch sagen, dass mir etwas dazwischengekommen sei und ich es nicht geschafft hätte, zu der Verabredung zu kommen.

Es ging nicht. Ich kam genau in der Stadt an, die ich an jenem Septemberabend erwartet hatte, als die Zeit sich um sich selbst drehte, eine vom Fortschritt verschandelte Stadt, voller Straßenlaternen, Papierkörbe, Videotheken, eine Stadt, in der das *Negresco*, umringt von modernen Lokalen, vor sich hin vegetierte, wo das Kasino seinen Garten eingebüßt und zum Rückzugsort alter Witwer geworden war, deren Kinder sie verlassen hatten, wo das *Sandalio* eine Ruine mit blinden, weiß überstrichenen Fenstern war: »Bald eröffnet hier *Tarot*, esoterische Buchhandlung.«

Ich lief durch die Straßen auf der Suche nach etwas, das es nicht geben konnte. Don Javier, der Arzt, war vor Jahren gestorben, in seinem wunderschönen Herrenhaus saß jetzt eine Bankfiliale; die Plaza de Bustamante hatte ihren Namen zurückbekommen, war aber mit von Taubendreck verschmutzten Pflastersteinen versiegelt worden; meine Schule gab es nicht mehr; Carminas Grab bot den grausigen Anblick eines Straußes verstaubter und ausgefranster Plastikblumen; eine Baufirma hatte begonnen, das Gebäude in der Calle Campoamor abzureißen, wo Celia sich noch an diesem Morgen für ihren Ausflug nach Montecaín angekleidet hatte.

Während ich auf den Intercity nach Oneira wartete, kaufte ich mir in der Bahnhofsbuchhandlung ein Hochglanzmagazin, *Hundert Jahre Villasanta de la Reina*, zum Jahrtausendwechsel herausgegeben von der Stadtverwaltung. Ich fühlte nichts. Es war, als hätte man mir alle Eingeweide herausgerissen, aber die Narkose hielt den Schmerz noch unter Kontrolle. Ich sah die Leute, die diskret in einer Ecke in ihr Handy sprachen, und dachte nur, wie einfach es war, sich am Ende des 20. Jahrhunderts zu verständigen; du tippst eine Nummer, und über eine Entfernung von Tausenden von Kilometern gelangen deine Worte ans Ohr von jemandem, der auf deinen Anruf wartet: »Tut mir leid, ich kann nicht rechtzeitig da sein«, »Wir sehen uns morgen«, »Ich liebe dich.«

Wie sollte ich es Celia sagen? Wie sollte ich es anstellen, dass meine Worte an ihr junges, vertrauensseliges Ohr drangen? Wie sollte ich den Spott Villasantas verhindern, die Einsamkeit, die fünfundzwanzig Jahre Einsamkeit und Scham, die sie erwarteten, bis ich nach fünfundzwanzig Jahren kommen würde, um sie für ein paar Wochen über ihren Verlust hinwegzutrösten? Wenn ich es damals gewusst hätte, wenn ich gewusst hätte, was ich jetzt weiß, wäre ich bereit gewesen, meinen jugendlichen Stolz zu überwinden, wäre ich bereit gewesen, um sie zu kämpfen, hätte ich sie auch gegen ihren Willen mit nach Oneira genommen, um mit ihr in einer größeren Stadt zu leben und mit ihr zu lernen, das Leben in vollen Zügen zu genießen, was uns verwehrt geblieben war, weil ich zur falschen Zeit kam. Aber ich wusste es nicht, und als sie mir sagte: »Geh. Geh für immer«, da ging ich.

Damals wusste ich nicht, was diese Jugendliebe für sie bedeutet hatte; ich konnte nicht wissen, dass sie mich liebte, dass sie mich immer geliebt hatte, aber in einem anderen Körper, mit einem anderen, von der Einsamkeit, dem Schmerz, der Zeit geprüften Geist, dass die Leidenschaft, die sie für mich als Neunzehnjährigen gefühlt hatte, verblasste gegen die ständige Erinnerung an jenen älteren Mann, den ich so hasste und der auch ich war und dennoch ein anderer.

Im Flugzeug blätterte ich die Zeitschrift durch und blieb bei den Fotos aus den Fünfzigerjahren stehen, suchte in den Gruppen von Leuten nach einem Bekannten. Eine Seite war den berühmten Sonntagspromenaden auf der Calle Jardines gewidmet, wo die Villasantinerinnen ihre Bräutigame wie Rassehunde ausführten. Dort entdeckte ich mich, in dem Zweireiher, den der Schneider mir gleich nach meiner Ankunft genäht hatte, im Profil, den Kopf Celia zugewandt, in ihrem Sonntagskleid, dem granatroten, das ihren Wangen Farbe verlieh und auf dem Foto dunkelgrau herauskam, aus allen Poren atmete sie Stolz und Glück. Unter dem Foto stand zu lesen: »Um 1952. Die bekannte villasantinische Schneiderin Celia Sanjuán und ein unbekannter Herr.« Ein unbekannter Herr, der niemand anderer war als ich jetzt, mit meinen grauen Schläfen, gediegen in Anzug und Krawatte, ein reifer Herr, der ein Mädchen vor dem Traualtar verließ, nachdem er sich ihr versprochen hatte. Eine banale, klischeehafte, lächerliche Geschichte.

Auf den letzten Seiten waren die Geburten, Hochzeiten und Sterbefälle der letzten Jahre des 20. Jahrhunderts aufgeführt.

Ich weiß nicht, was mich dazu trieb, ihren Namen zu suchen, aber dort stand er: »Celia Sanjuán, Schneiderin, Calle Campoamor 77, dritter Stock links, starb nach langer und schwerer Krankheit im Krankenhaus Los Altos am 1. November 1999.«

Mir verschleierte sich der Blick, und ich musste mich mit aller Mühe beherrschen, um nicht zwischen all diesen Menschen, die in New York das neue Jahrtausend begrüßen wollten, zu weinen.

Ich war mit ihr spazieren gegangen, während sie in einem Krankenhaus verendete, ohne dass jemand ihre Hand hielt, ich hatte ihr die Ohrringe geschenkt, während sie spürte, dass ihre Zeit zu Ende ging und der Geliebte aus ihrer Jugend nicht mehr kommen würde, ich hatte sie geliebt, während sie auf dem Friedhof begraben wurde, den ich tags zuvor besucht hatte, um mich für immer von Carmina zu verabschieden, und wo mir nicht einfiel, ihr Grab zu suchen, das von Celia.

Es hat zu schneien begonnen. Der Schmuck funkelt unter der Arbeitsleuchte. Cohens zähe Stimme zieht sich wie vergifteter Honig durch meine Erinnerungen. Ich will nicht mehr schreiben.

Morgen ist der letzte Tag des Jahrhunderts. Morgen werde ich, in meinem berühmten blauen Regenmantel, mit dem ich im Villasanta der Fünfzigerjahre so viele schiefe Blicke auf mich gezogen habe, noch einmal auf das Empire State hinauffahren.

Wenn es außerhalb von Umbría einen Ort und einen Moment gibt, wo das Unmögliche geschehen kann, dann nur hier und morgen um Mitternacht. Ich werde auf diese Dachterrasse gehen, wo sie mich an Weihnachten 1973 gesucht hat, und werde, die Augen verschlossen vor dem Schnee, den Lichtern und dem Feuerwerk, auf das Wunder warten.

»Elia Barceló lockt ihre Leser in eine verführerische und bedrohliche Welt voller Familiengeheimnisse.«

Judith Lennox

*Cover- und Preisänderungen vorbehalten

Elia Barceló

Das Licht von Marokko

Roman

Aus dem Spanischen
von Anja Rüdiger
Pendo, 496 Seiten
€ 22,00 [D], € 22,70 [A]*
ISBN 978-3-86612-433-2

Als die berühmte Malerin Helena Guerrero nach vielen Jahren an ihren Heimatort Madrid zurückkehrt, holt die Vergangenheit sie mit voller Wucht ein. Kisten mit Briefen und Dokumenten warten dort auf sie sowie ihr im Sterben liegender Schwager, der ein düsteres Geheimnis hütet. Für Helena ist die Zeit gekommen, sich auf die Suche nach dem Schatten zu begeben, der sie in ihren Albträumen verfolgt: der nie gefasste Mörder ihrer Schwester Alicia, der ihr 1969 in Marokko nicht nur ihre engste Vertraute, sondern auch ihre große Liebe raubte …

Leseproben, E-Books und mehr unter www.pendo.de